TAL PARA CUAL

"Relájate".

Brian le frotó los músculos del cuello, y luego la abrazó por los hombros, atrayéndola hacia él. Rosa se dejó atraer, contenta de dejarse llevar por sus sentimientos. Cuando Brian se inclinó para besarle el cabello, Rosa volteó la cabeza para captar con sus labios su boca. Deseaba un beso como una flor desea el calor del sol y no puede vivir sin él. Estaba bien. Rosa estaba segura de que era su destino.

Fue sólo un roce, una prueba, y limitado por la plática de los niños en el cuarto de al lado; pero fue suficiente para Rosa. Con un suspiro de alegría, apoyó la espalda en el pecho de Brian y sintió la fuerza de sus brazos rodeándola.

AVISO OPORTUNO

Diana Garcia

Traducción por
Nancy Hedges

PINNACLE BOOKS
KENSINGTON PUBLISHING CORP
http://www.encantoromance.com

Para mi marido, Mike,
el héroe en todos mis cuentos, pero especialmente en éste.

Y a Sabrah Agee,
con gracias especiales por enseñarme la manera.

PINNACLE BOOKS son publicados por

Kensington Publishing Corp.
850 Third Avenue
New York, NY 10022

Traducción por Nancy Hedges

Primera edición de Pinnacle: August 2000
10 9 8 7 6 5 4 3 2 1

CAPÍTULO UNO

Parada bajo la regadera de agua caliente, Rosa cerró los ojos e inhaló profundamente mientras el vapor la envolvía. A pesar del chorro de agua que pegaba contra los azulejos, logró escuchar que sonaba el teléfono de nuevo, pero esta vez no corrió a contestarlo. Que lo contestaran los niños, o que lo contestara la máquina contestadora—no le importaba. Necesitaba un momento bajo el agua caliente para gozar el silencio. Un momento para sí misma.

El frasco de acondicionador de cabello se le resbaló de la mano, y se cayó directamente encima del dedo gordo de su pie.

—¡Ay!

—¿Mamá?

Rosa cerró la llave del agua y observó su dedo golpeado. No sangraba.

—¿Mande, Beto?

—Te llaman por teléfono.

—¿Quién es?

—Es otra respuesta al anuncio.

—Dile que puedo entrevistarla mañana a las cuatro de la tarde —gritó Rosa a través de la puerta cerrada—. Y, ¿Beto?

Se escucharon las palabras *sí mamá* desde el otro extremo del pasillo. No había esperado para escuchar lo demás. Rosa sólo esperaba que se le ocurriera darle la dirección a la mujer.

Después de pagar un anuncio durante dos semanas, Rosa apenas había conseguido a cuatro posibles candidatas para las entrevistas que había concertado para mañana. Y faltaba sólo una semana para el fin de cursos en la escuela de los niños, así que le quedaba poco tiempo.

El anuncio que había publicado Rosa había sido bastante claro:

> MUJER PROFESIONISTA EN BUSCA DE AMA DE LLAVES. URGE UNA SEGUNDA MADRE PARA DOS NIÑOS DE SEIS Y DE OCHO AÑOS. SE REQUIERE PACIENCIA, MEDIO DE TRANSPORTE PROPIO, Y QUE SEA BUENA COCINERA. EMPLEO SÓLO TEMPORAL DURANTE EL VERANO. BUEN SUELDO. DEL 8 DE JUNIO AL 3 DE AGOSTO, LUNES A VIERNES, 7 A.M. A 5:30 P.M. SE HABLA ESPAÑOL.

Rosa había esperado que le llovieran miles de respuestas, pero hasta el momento apenas había recibido una media docena de llamadas. Y dos de las mujeres ya habían rechazado la oferta de empleo al mencionar Rosa que se trataba de un trabajo de verdad. Todo el mundo parecía esperar todo a cambio de nada. Rosa meneó la cabeza desilusionada; así era el mundo.

Ella cojeaba al caminar por su recámara, y cerró las persianas para no ver la vista panorámica de la ciudad por la ventana. Antes no habría tenido necesidad alguna de cerrar las cortinas, pero ahora pasaban muchos excursionistas cerca de la casa, así que ya era más cuidadosa. No quería pasar a ser una vista panorámica más en estas montañas.

La casa ubicada en las montañas de Santa Catalina, era exactamente la que siempre habían deseado ella y su marido: era grande, hermosa y aislada. Sólo había acceso al camino de la casa por una reja eléctrica que se controlaba desde la casa, y ocasionalmente, durante los diluvios de verano, sólo se podía llegar en vehículos de doble tracción. Construida sobre la cima de una montaña, tenía una vista panorámica de las luces centelleantes de Tucson, a la vez que guardaba una gran distancia de la vida apresurada y complicada de la ciudad. Significaba para Rosa un sueño hecho realidad; sólo que jamás había considerado la posibilidad de tener que vivir sola en la casa.

—¡Devuélvemelo! ¡Te voy a acusar con mamá!

El ruido de pasos fuertes en el pasillo la volvió a la realidad—bueno, no vivía totalmente sola.

Rosa se puso un short blanco de algodón con una camiseta, y mientras esperaba oír el grito inevitable, se peinó su cabello lacio de color castaño hacia atrás. El grito no demoró mucho.

—¡Mamá! ¡Beto me metió una zancadilla!

Golpeaban a la puerta de su recámara mientras giraban frenéticamente el tirador. Pero no contaron con la astucia de Rosa; había cerrado la puerta con llave.

Justo al abrir la puerta, entró apresuradamente su hijo de seis años, Alex.

—Mamá, yo sólo caminaba al lado de Beto, y me hizo tropezar, y me quitó mi juguete, ¡y luego me dijo cretino!

La voz chillante de Alex estaba ronca por su sentimiento de autocompasión, y tenía lágrimas en sus ojos cafés.

—No seas chismoso, Alex —respondió Rosa por simple costumbre, y apartó un rizo de cabello de los ojos de su hijo. Luego alzó la voz—. ¡Roberto!

Al pasar al lado de su hijo menor para buscar a su hijo mayor, Rosa iba murmurando: *jamás quise ser madre soltera.* En algún lado del universo, los dioses se burlaban de ella.

Se ocupó durante todo el día siguiente en los quehaceres de cualquier casa en domingo, y Rosa no tuvo tiempo de cambiarse de ropa hasta cinco minutos antes de la hora fijada para la primera entrevista. Al escuchar el tintineo del timbre de la puerta principal, Rosa apenas estaba medio acomodando su cabello con un broche de plata, y se puso unas sandalias. Metió su camisa adentro de su pantalón, y se dio prisa para pasar por el pasillo a la puerta.

—Buenas tardes —había una mujer parada en la entrada.

—¡Dios mío! —Rosa brincó hacia atrás. Al recobrar la compostura, estudió la cara de la poco atractiva mujer de mediana edad, y sonrió de manera sincera—. Disculpe. ¿Viene usted a la entrevista de empleo?

La mujer asintió con la cabeza, pero no le devolvió la sonrisa.

—Su hijo me abrió la puerta. Luego se echó a correr y ahí me dejó.

Tenía que haber sido Alex. La regla de no hablar con los extraños simplemente no cabía en el léxico del niño.

—Cómo lo siento —dijo Rosa para disculparse de

nuevo—. ¿No le gustaría pasar a sentarse un momento?

Durante los próximos minutos, la mujer se esmeró en mencionar que a la casa de Rosa le urgía una buena sacudida; que las salchichas con frijoles no constituían una comida balanceada para dos muchachitos en pleno desarrollo; y que era sumamente antihigiénico permitir que un perro de pelo largo se acostara en los pisos de azulejos de Saltillo. Más tarde, cuando la mujer se fijó en un librero lleno de videocasetes, comentó que sólo una mala madre permitiría que sus hijos fueran expuestos a la "basura transmitida actualmente por los medios de comunicación", Rosa ya se había hartado de ella. Aun con su acostumbrado optimismo, era obvio que esta mujer no le servía para nada. Rosa ya se imaginaba lo que sucedería con esta mujer si Alex se orinaba en la cama—algo que solía suceder sólo de vez en cuando— o si Roberto soltaba sus acostumbradas groserías al probar el caló de la calle.

—Le aseguro que le avisaré en cuanto haya tomado una decisión —dijo Rosa una vez más, e impulsó a la mujer en dirección a la puerta principal; tarea que le costó bastante trabajo. Por fin se apoyó Rosa en contra de la puerta cerrada, sintiéndose exprimida. Jamás se había dado cuenta de que las entrevistas fueran tan difíciles.

Después de despachar a sus cuatro prospectos, Rosa se sentía presionada, repugnada y deprimida. La última candidata había sido una chica de escasos dieciocho años, que jamás había cuidado a un niño en su vida, y estaba vestida como de la década de los sesenta. Y ahora Rosa estaba enfrentándose con el dilema de qué hacer con los niños durante todo el vcrano.

Volvió a sonar el timbre de la puerta antes de que pudiera dar el primero paso por el largo pasillo. Tenía que ser la muchacha de nuevo—a lo mejor se le había olvidado su collar de cuentitas de paz o algo por el estilo.

—Hola. ¿Señora Osario?

Rosa no desenganchó la puerta mosquitera. ¿Qué hacía este hombre tan guapo en la entrada de su casa? La reja exterior y el camino tan empinado de la entrada normalmente ahuyentaba a los vendedores.

—Sí. ¿En qué puedo servirle?

—Soy Brian Torres. Hablé con su hijo ayer. Me citó a entrevistarme con usted a las...a esta hora —dijo el señor, y miró a su reloj.

Rosa se quedó sin habla. Era típico de Roberto no mencionar que la persona que había llamado era hombre. Bueno, pues no podía simplemente dejarlo en la calle. Rosa desenganchó la puerta y la abrió.

—Por favor, pase usted. Hace mucho calor.

—Gracias.

Su sonrisa era juvenil, pero el resto de su cuerpo de un metro noventa era de todo un hombre maduro. Rosa sintió la garganta seca al mirarlo simplemente. Obviamente había malentendido el anuncio.

—Creo que hubo un malentendido... —empezó a explicar Rosa, pero del bolsillo de su pantalones Dockers cuidadosamente planchados, el hombre sacó el anuncio periodístico de Rosa.

—*Mujer Profesionista en Busca de Ama de Llaves* —leyó en voz alta. Luego levantó la mirada a la cara de Rosa—. ¿Me supongo que usted es la mujer profesionista? —al asentir Rosa titubeantemente con la cabeza, éste le sonrió con ojos centelleantes—. Yo soy su amo de llaves.

De repente Rosa se imaginó a este guapura de hombre con un mandil con moños. Esa simple imagen fue suficiente para alarmarla. Ni modo.

—Señor Torres, creo que no comprende usted lo que busco.

—Busca usted un niñero para sus dos hijos durante el verano.

—No sólo un niñero, señor Torres. También necesito un chofer para llevarlos al equipo de natación, un cocinero que prepare tres comidas al día, y una ama de llaves que pueda lidiar con la casa, dos niños y un perro. Necesito alguien que pueda lavar la ropa, regar las flores, y ver que los niños se dediquen a cualquier cosa aparte de los juegos electrónicos durante todo el verano.

—Y, ¿cuál de esas cosas me cree usted incapaz de hacer?

Rosa suspiró frustrada. Era una situación ridícula.

—¿Es buen cocinero, señor Torres?

—Me llamo Brian. Y sí, soy buen cocinero. ¿Le gusta algún platillo en especial?

Parecía tener confianza en sí mismo, y tenía entusiasmo. Como ella no se consideraba buena cocinera, no supo ni qué preguntarle, así que cambió el tema.

—¿Es usted totalmente bilingüe?

—De verdad, no. No supe que fuera requisito.

No lo era, pero Rosa no quiso admitirlo.

—El empleo sólo duraría ocho semanas durante las vacaciones de verano de mis hijos. Seguramente busca usted un empleo más seguro.

—No, las ocho semanas me parecen bien. Soy escritor independiente, señora Osario, pero en este momento estoy entre proyectos. De verdad, me caerían de perlas las ocho semanas de trabajo.

Rosa meneó la cabeza. No había esperado que le sucediera esto, pero en verdad, no tenía por qué agonizar al tomar una decisión. Ella no permitiría que ningún hombre se entrometiera en su vida, aparte de los dos hombres que ella misma criaba. Ni siquiera como amo de llaves. No obstante que parecía ser competente y de confianza, y absolutamente capaz. No obstante que supiera cocinar. Por tentadora que fuera su oferta, significaría que tendrían que vivir casi juntos durante las próximas ocho semanas. Jamás funcionaría. Para nada.

—Lo siento, señor Torres, pero no funcionaría — incluso al pronunciar las palabras, Rosa consideraba sus opciones. Los muchachos tendrían que pasar el verano en la guardería de la YMCA, como si fuera una sentencia de escuela perpetua.

La sonrisa agradable de Brian se desvaneció.

—Ojalá que reconsiderara usted, señora Osario. Considere las ventajas. No sólo sé cocinar, pero también puedo arreglar un refrigerador. Le apuesto que ninguno de los otros candidatos podrían decir lo mismo. Quizás al señor Osario le gustaría contar con alguien que también sepa ayudar con otras tareas.

La respuesta de Rosa fue titubeante. Siempre le sucedía lo mismo, aún después de más de cinco años.

—No hay ningún "señor Osario" —dijo, y en ese instante, tomó su decisión. Si este hombre podía hacer el trabajo, lo contrataría. Siempre podría llevar a los niños a la guardería más adelante si esto no funcionaba. Brian Torres parecía ser la mejor de sus opciones —de verdad, era su única opción. Tendría que sobreponerse a sus propios prejuicios por el bien de sus hijos—. Señor Torres, he cambiado de parecer. Si usted puede proporcionarme una lista de referencias, lo contrataré.

Brian le regaló su mejor sonrisa, y Rosa se sorprendió al devolverle la sonrisa. Por lo menos hasta escuchar las siguientes palabras del señor.

—Sin embargo, hay un pequeño inconveniente.

¡Por supuesto! Debería haberlo adivinado; había sido demasiado bueno para ser cierto.

—¿Qué tan pequeño?

—De aproximadamente tres cuartos de metro, más o menos —ante la expresión de asombro de Rosa, Brian se rió—. Mi hija, Graciela. Tiene tres años. Tendría que acompañarme.

—Yo no sé —empezó a decir Rosa—, ¿cree que puede usted lidiar con los tres al mismo tiempo? A mí me dejan rendida los míos, y nada más son dos.

—No hay problema —le aseguró Brian—. Soy el segundo de doce hermanos, y me he dedicado a cuidar niños desde que di mis primeros pasos, así que para mí es como instintivo hacerlo. Además —agregó—, le hará bien a Graciela. Temo que me salga demasiado consentida por vivir solos los dos. Como está acostumbrada a ser el centro de mi universo, ya empieza a exigir mi absoluta atención en todo momento y ha empezado a hacer unos berrinches terribles.

Rosa sonrió. Comprendía perfectamente lo que decía Brian.

—Mis hijos pasaron por la misma etapa. Cuando Alex tenía tres años, se me echó en el suelo de un centro comercial, y gritó y pataleó a la vista de por lo menos cien personas. Cuando por fin lo cargué para sacarlo físicamente del centro comercial, empezó a gritar: "¡Suéltame! ¡Tú no eres mi mamá!" hasta llegar a la salida. Fue espantoso.

Brian gimió. Los dos se rieron, y Rosa sintió un vínculo de comprensión con él que no había sentido durante mucho tiempo; era un sentimiento que había insistido que no le hacía falta en su vida. Sus mejores amigas no tenían hijos. Podían compadecerle por los problemas que ella tenía con sus hijos, pero no podían comprenderlos del todo. Significaba mucho. Luego Rosa se despejó la garganta. No buscaba a un amigo. Lo que necesitaba era un amo de llaves.

—Entonces, me parece muy bien —al tomar la decisión, Rosa volvió a actuar como una profesionista seria—. El último día de clases de los niños es el viernes. Así que comenzará como amo de llaves de mañana en ocho, si le parece bien.

—Me parece perfecto. ¿Debo llegar a las siete? Vivo a unas cuantas millas, así que si prefiere que llegue más temprano, no sería problema.

—No, ésa es una buena hora —dijo Rosa, y extendió la mano como lo haría con cualquier otro contacto en los negocios—. Ha sido un placer conocerlo, señor Torres. Me da mucho gusto que haya respondido al anuncio. Estoy segura de que el arreglo nos será satisfactorio a los dos.

Él aceptó su mano extendida, pero no la estrechó del todo. Se la apretó de manera más íntima. Aun así, a ella no le habría afectado tanto el gesto, de no haber sido por el tono natural tan sensual de su voz.

—De eso estoy seguro, señora Osario. Estoy bastante seguro de que así será.

Al ver que Brian Torres se alejaba en su Jeep Wrangler, Rosa estaba segura de que se había imaginado cualquier insinuación en sus palabras. Ella estaba vieja y decrépita y le interesaba más dormir que irse de fiesta. Era impensable que un tipo tan guapo como él pudiera interesarse en ella.

Tampoco se interesaba ella en él.

Rosa seguía repitiéndose esa aseveración cuando entró Alex a lágrima tendida porque Roberto había tirado su bicicleta al fondo de la piscina.

CAPÍTULO DOS

Brian se sonrió al virar su Jeep Wrangler para bajar por el empinado camino de entrada. Sería un excelente verano. La casa era hermosa y podría enseñar a Graciela a nadar en la piscina. Además, no había contado con la prestación especial de la madre soltera tan guapa. Su cabello oscuro y grandes ojos cafés eran una mezcla divina. Sin embargo, no pensaba hacer nada respecto a ella — pues complicaría demasiado la situación. Pero de todos modos, el gusto de mirar a Rosa iluminaría su existencia. Y al parecer, ella de verdad necesitaba su ayuda. A Brian le agradaba mucho que así fuera.

Como solía escribir durante las altas horas de la noche y no tenía a qué salir por las mañanas, Brian y su hija se habían convertido casi en recluidos. Por supuesto que iban al parque de vez en cuando, o a McDonald's a comer, pero Gracia no frecuentaba a otros niños con ninguna regularidad, ni tampoco adultos aparte de él. A Brian realmente no le molestaba sino hasta cuando recordaba cómo Olivia siempre llevaba a Graciela con grupos de niños para jugar, y a sus clases de natación. Sabía que a Olivia no le habría agradado ver a Graciela encerrada durante todo el verano en un pequeño condominio horizontal nada más porque eso a su padre no le desagradaba.

Hasta ahora había logrado sonreír al pensar en cómo se habría sentido Olivia o qué es lo que ella habría deseado. Era buena seña, pensó Brian. Durante más de un año después de su fallecimiento, él no había podido pensar en ella jamás sin romper en llanto, y eso había sido muy dañino para su pequeña hija.

Pero hacía mucho desde entonces, y a partir de ese próximo lunes, Graciela y él tendrían el uso de una hermosa casa durante el verano, con piscina, jacuzi y todo, y dos hermanos con quienes la niña podría pelear. Y Brian conocía muy bien los pleitos entre hermanos. De hecho, estaba seguro de que iba a disfrutar del constante eco de los gritos de los pleitos entre niños en la casa. Aparte de los berrinches de Graciela, su propia casa era demasiado silenciosa.

Metiéndose en la entrada, Brian vio que se abría la puerta de mosquitero de su vecina, y apagó el coche para esperar el grito de *¡Papi!* que llegaría en cualquier momento. De verdad debería ausentarse más seguido, pensó. Graciela siempre lo trataba como todo un héroe cuando regresaba.

—¡Papi, llegaste! —la vio en el marco de la puerta de la entrada, casi todo su pequeño cuerpo oculto detrás del generoso cuerpo de su vecina. Graciela serpenteó por la apertura de la puerta y corrió por la acera, y sus largos rizos negros volaban en el aire.

Cerró la portezuela del coche, y Brian se preparó para recibir el impacto, pero realmente ella no pesaba tanto aún. Al tomar a Graciela entre sus brazos, Brian la levantó en el aire hasta toparle la cabeza con el techo de la cochera.

—Ya te atrapé, y no puedes bajarte ni te puedes escapar —dijo Brian, haciéndole cosquillas, y las risas y gritos de Graciela retumbaron por el aire.

Débora, su vecina, había seguido a Graciela.

—¿Cómo te fue?

—Pues al parecer, soy amo de llaves durante el verano —dijo Brian, mientras acomodaba a su hija sobre su cadera—. Empiezo el lunes. La chamba durará ocho semanas, justo el lapso que tiene que pasar para que llegue el cheque de *Life* —volteó para que su nariz se encontrara con la nariz de su hija, y continuó—: Y tienen una piscina, mi vida. ¿Te gustaría aprender a nadar este verano?

La afirmación de Graciela mostró entusiasmo, y Brian finalmente estiró la mano para liberarse el cuello de su abrazo que lo ahorcaba. Colocándola en el suelo, sacó sus llaves para abrir la puerta principal de su condominio horizontal.

—¿Por qué no entras a la casa, Graciela, para que decidas qué es lo que vamos a cenar? Te dejaré ayudarme si escoges algo que me gusta a mí también. —Brian esperó a que su hija se metiera a la casa para voltear a hablar con Débora—. Sólo espero que no se decida por los anillos de espaguetis otra vez. Los detesto.

Débora hizo una mueca de dolor.

—Yo igual. Gracias a Dios que Jake ya pasó de esa etapa.

Débora había sido amiga de Olivia, y habían crecido juntas en California. Cuando las dos se encontraron inesperadamente en Tucson, Débora había comprado su condominio horizontal para vivir cerca de Olivia. Y durante la larga enfermedad de Olivia, Débora había sido tan fuerte como el Peñón de Gibraltar, siempre dispuesta a ayudar cuando Olivia la necesitaba. Desde la muerte de Olivia, esa lealtad se había transferido hacia Brian y a Graciela, y Brian sabía que podía contar con Débora para lo que fuera y ella lo ayudaría si podía.

—Cuéntame de la casa y la piscina —dijo Débora, y alargó la última palabra con tono envidioso—. ¿Conociste a los dos muchachos?

Brian se sentó sobre el capó de su coche mientras Débora se acomodaba sobre el escalón de su entrada. Solían platicar mucho en la cochera, lejos del alcance auditivo de sus hijos.

—No, no conocí a los niños, aunque me imagino que por ahí andaban. Hay mucho espacio para que corran libres. Ella vive por Skyline Drive y el vecino más cercano está por lo menos a un kilómetro.

—¿Ella? —a Débora le brillaban los ojos. Durante más de un año había insistido en que Brian volviera a salir con alguna mujer.

—La señora Osario, la madre de los niños —Brian cambió de tema, y volvió a la primera pregunta de Débora—. La casa es enorme, y muy bonita. Es de adobe antiguo y ladrillo, con techos altos con vigas naturales y azulejos de Saltillo. —ante el suspiro de admiración de Débora, Brian siguió con la descripción—. Deberías ver la casa, Débora. En la sala hay una chimenea de piedra tan grande que podrías pararte de pie en su interior, y la cocina es una maravilla.

—Entonces te sentirás en casa, Brian. Nada más espero que me traigas las sobras de lo que cocinas.

—Lo haré —siempre mandaba sobras a la casa de Débora. Su hijo adolescente, Jake, comía lo que fuera y todo lo que encontraba en las alacenas de la cocina, así que Brian siempre contribuía comida a su despensa familiar en silencio. Era lo menos que podía hacer.

—¿Y? —Débora lo miró como si esperara que siguiera.

—¿Y qué? —preguntó Brian inocentemente. Pero conocía a Débora, y sabía que no sería fácil evitar tocar el tema de la guapa señora Osario.

—Ándale, Brian. ¿También conociste al señor Osario?

Brian sabía precisamente a dónde iba a llegar con su pregunta. Con un suspiro, se dio por vencido.

—Es soltera, Débora, si eso es lo que querías saber.

—¿Y es guapa?

—Sí, es guapa; y sí, tiene aproximadamente mi misma edad; y sí, parece que nos llevamos bien.

Débora irradió una sonrisa de satisfacción, y se puso de pie para sacudirse su vestido.

—Bueno, Brian, tú sabes que yo jamás me metería en tus asuntos personales. Así que no te sientas obligado a contarme nada.

Se despidió alegremente de él, y Débora regresó a su propia entrada. Meneó la mano al cerrar la puerta de su casa.

Brian meneó la cabeza sintiéndose exasperado. Sabía perfectamente bien que ya le había contado a Débora todo lo que quería saber. A veces la gente no sabía hasta dónde llegar con su insistencia.

* * *

El lunes por la mañana, Graciela estaba tan emocionada que Brian no podía convencerla de que desayunara. Cuando había entrado a su habitación para despertarla a las seis y media, ya estaba levantada y vestida, con su traje de baño puesto y su salvavidas balanceado sobre su panza rellenita. No dejó de balbucear durante todo el rato que la estuvo cambiando de ropa—aunque tuviera que ponerle su ropa de calle por encima de su traje de baño porque la chiquilla se negaba a quitárselo—y ella siguió hablando hasta por los codos aún cuándo la metió en el coche con el salvavidas y su muñeca. Ya estaba sentadita en su asiento de seguridad, y esperaba anhelante que Brian le abrochara el cinturón de seguridad cuando él salió de la casa con su taza de café en la mano.

—¿Lista para irnos, calabacita? —Brian no pudo más que sonreír. Débora había pintado las uñas de Graciela el día anterior, y ella las observaba de manera muy seria al esperar que su padre se subiera al coche.

—Sí, Papi. ¿Papi?

—¿Mande, Graciela? —se detuvo Brian, y esperó escuchar de alguna preocupación de la chiquilla respecto a sus actividades del día.

—Creo que no me gusta este color. Mi tía Débora debería haberme pintado las uñas de color rosa para que hicieran juego con mi nuevo traje de baño.

Las ocurrencias de niños. Brian meneó la cabeza asombrado. Deslizándose al asiento del conductor, le aseguró a Graciela que sus uñas se veían maravillosas.

—Además —agregó, acostumbrado a la vanidad de la pequeña—, de esta manera hacen juego perfectamente con el moño rojo tan bonito que traes en tu cabello.

Sus palabras la complacieron, y Brian la escuchó mientras platicaba con su muñeca, prometiéndole que le pintaría las uñas también como regalo especial.

Dieron vuelta de Skyline Drive al camino de tierra para llegar a la verja que marcaba el comienzo del camino de entrada de la casa de la señora Osario faltando diez minutos para las siete.

—Con tiempo de sobra —murmuró Brian al tocar el timbre empotrado en el muro de ladrillos.

Después de un momento, una voz contestó desde los ladrillos.

—¿Su nombre, por favor?

Por lo menos el niño parecía ser bien educado, pensó Brian. Era buena seña.

—Soy Brian Torres. Me espera tu mamá.

—Está bien, señor Torres, adelante —antes de que se desconectara la bocina, Brian escuchó el grito del muchacho—:

¡Mamá!

Con un fuerte chasquido, la verja se deslizo de lado para dar acceso al camino de la entrada. Sonriéndole a su hija, quien seguía con la vista clavada en el muro hablante, Brian metió al Wrangler a la velocidad baja, y empezó a subir por la cresta de la colina.

Como siempre, a Rosa se le hacía tarde, pero por fortuna no tan tarde como otras veces. Era maravilloso no tener que darles de comer y vestir a los niños aparte de arreglarse ella misma antes de salir a la calle. Si lograba salir antes de las siete y media, sólo llegaría diez minutos tarde al trabajo. Si su nuevo amo de llaves llegaba a tiempo hoy, era posible que no llegara tarde al trabajo. ¡Qué sorpresa se llevaría su jefe!

El zumbido del timbre de la verja se escuchó por toda la casa a las siete menos diez, y Rosa suspiró aliviada. Había esperado que el señor Torres llegara unos minutos antes de la hora citada para que ella pudiera presentarle a sus hijos. Le parecería extraño tener alguien en su casa, pero si esto funcionaba, podría ser magnífico. Hasta podría olvidarse de cocinar durante todo el verano. La confusión de sentimientos entre preocupación y esperanza le había quitado el sueño durante toda la noche, y aún ahora tenía un nudo en la boca del estómago. Lo único que podía hacer era esperar. Era una prueba de un solo día, después de todo, porque los niños podrían ir a la guardería de la YMCA mañana si esto no funcionaba.

—¡Mamá! —el grito de Roberto retumbó por el pasillo. A lo mejor contestó el timbre de la verja sin que se le ordenara hacerlo.

—¿Mande, Beto? —con sus zapatos en la mano, y pisando cuidadosamente donde no hubieran juguetes tirados para romperle las medias, Rosa salió de su recámara. Lo único que le faltaba ahora era el portafolios, su comida, y buscar las llaves de su coche.

—Alguien llegó, Mamá. Creo que es ese tipo.

—Se llama el *señor Torres*. Y quiero que te portes muy bien con él durante todo el día. Por favor no le quites las ganas de regresar.

Roberto sonrió y Rosa le despeinó sus rizos insumisos que parecían de trapeador. *¿De dónde habría sacado ese cabello rizado?* se preguntó por la milésima vez. La misma Rosa tenía que dormir con chichos si quería amanecer con el cabello rizado.

—Ay, Mamá, yo me portaré bien —prometió Roberto.

—¿Dónde está Alex?

—Vistiéndose. No quería que este tipo le viera su ropa interior del Hombre Araña.

Rosa sabía que a Alex no le importaría que el mundo entero lo viera en paños menores y que Roberto seguramente se habría burlado de él, pero por esta sola vez no dijo nada. Sus pleitos eran problema de otra persona por el día de hoy. Era el mejor regalo que había recibido en mucho tiempo.

—Hola.

Lo había observado mientras subía por el camino de la entrada, mientras había sacado a esta adorable chiquilla de su silla de seguridad, y mientras la cargó por la entrada. Rosa aún no estaba inmune a la belleza física de este hombre. Como si fuera una estrella de cine. Tenía el pelo oscuro en rizos sueltos sobre su frente, y sus ojos, también oscuros, estaban enmarcados por gruesas pestañas. Tenía una sonrisa perfecta, hombros anchos...Rosa respiró hondo. Ella había trabajado antes con hombres sumamente guapos; no sería ningún problema. Después de un rato, se acostumbraría.

—Buenos días, señora Osario. Graciela, saluda a la señora Osario.

Brian bajó a su hija, y ésta se paró frente a él con su espalda apoyada en sus rodillas. Le apretaba las manos mientras miraba fijamente a Rosa con sus enormes ojos cafés.

—¿Puedo nadar?

Nada de saludo. Nada. Rosa notó que Brian estaba tenso.

—Ay, Graciela. ¿En dónde perdiste tu buena educación?

Rosa se rió ante su angustia.

—Por supuesto, Graciela, puedes nadar en la piscina. ¿Quieres desayunar primero?

—Claro —al soltar las manos de su papá, Graciela caminó a un lado de Rosa y entró a la casa.

—No es precisamente tímida —dijo Brian.

Cielos, él y su hija parecían idénticos cuando sonreían. No cabía la menor duda de dónde había sacado la niña su belleza.

—Me di cuenta, señor Torres. Pase usted. Dado que usted es el que se va a encargar de la cocina, pensé que le agradaría comprar la despensa usted mismo —dijo Rosa por arriba de su hombro al pasar a la cocina—. Le dejé un cheque sobre la mesa para todo lo necesario.

—Magnífico —contestó Brian, mientras apoyaba su enorme cuerpo contra la pared de la cocina—. ¿Hay algo especial que se les antoja a todos durante esta semana?

Rosa se encogió de hombros.

—Siempre y cuando no se trate de salchichas o tacos, lo que sea me parecerá espléndido. Esas dos cosas son mis especialidades de la casa, y la verdad es que podría prescindir felizmente de ellos durante todo un verano.

De un gabinete, Rosa sacó la bolsa en donde llevaba su comida, y miró al interior del refrigerador.

Finalmente, dándose por vencida, metió dos manzanas en su bolsa con una bolsita de Sabritas, y tiró la bolsa sobre la mesa a un lado de su portafolios.

—Hay unos wafles congelados para el desayuno de los niños. Tienen su entrenamiento en su equipo de natación de las nueve a las diez, y las instrucciones de cómo llegar están pegadas al refrigerador. El número telefónico de mi trabajo y números de emergencia están al lado del teléfono, el cuarto de lavado está por la cochera y por favor, cuida que no se escape el perro por la puerta principal.

Rosa sabía que brincaba de tema en tema, pero ya pasaban de las siete.

Brian se limitó a asentir con la cabeza.

—Llámeme Brian. ¿Lleva usted su comida todos los días? —dijo el hombre mientras miraba a la bolsa sobre la mesa.

—Trato de hacerlo. De otro modo gasto cinco dólares todos los días en la cafetería —al levantar su portafolios y su lonchera, Rosa echó otra mirada al reloj. Las siete con quince minutos—. ¡Beto y Alex, vengan a despedirse de mí!

—El estruendo de la corrida de toros —murmuró Brian al escuchar los pasos golpeados de los niños por el pasillo.

Roberto fue el primero en llegar, pero Alex venía justo atrás de él y Rosa perdió toda esperanza de salir a tiempo. Alex estaba llorando.

—Mamá —Alex tiró de la blusa de Rosa para captar su atención, pero no le quitaba la mirada de encima de Brian. Cuando Rosa se agachó, le dijo en un susurro fuerte—: Beto dice que tengo que quedarme con una niñera hoy.

Brian se adelantó a contestar al chico antes de que Rosa lo pudiera hacer.

—La verdad, Alex, es que yo voy a quedarme hoy a cuidar la casa. Pero tú puedes quedarte conmigo si quieres.

Alex se soltó un poco de la blusa y volteó la mirada en dirección a Brian.

—¿Es usted un niñero? —preguntó solemnemente.

—Para nada —le aseguró Brian—, soy el amo de llaves. La única bebé en estas partes es mi hija, Graciela. Quizás pudieras ayudarme a cuidarla. Tiene sólo tres años. Comparado con ella, tú ya eres todo un hombrecito.

—Yo ya tengo seis años —respondió orgullosamente Alex.

—¡Híjole! —silbó Brian con aprecio—. Oye, Alex, yo tengo mucha hambre. ¿Qué tal si vemos qué vamos a desayunar, y te presentaré a Graciela?

Después de pensarlo un momento, Alex accedió.

—Está bien. Adiós, Mamá —la abrazó fuertemente, pero no lloró.

—Adiós Alex. Pórtate bien con el señor Torres. Y tú también, Beto —agregó Rosa con una mirada de advertencia a su hijo mayor.

Alex enfocó su atención de nuevo en Brian.

—¿Eres el señor Torres?

—Sí, pero me puedes llamar Brian. Después de todo, tú y Roberto son los hombres de la casa. Tendrán que ayudarme mucho. ¿Quizás me puedan enseñar cómo se hacen las cosas en esta casa?

—Por supuesto —dijo Roberto con entusiasmo—. Yo te puedo decir lo que podemos o no hacer.

—Beto... —empezó a decir Rosa.

—Eso me sería de gran ayuda, Roberto —Brian le echó una sonrisa a Rosa—. ¿No cree que debería irse al trabajo? Creo que los muchachos y yo podemos cuidar la casa solos.

De verdad, en algún momento ella tendría que irse.

Se los encargo mucho, Brian. Buena suerte.

Estuvo preocupada todo el día. Hasta llamó a la casa dos veces, sólo para escuchar las dos veces a su propia voz desde la máquina contestadora. Rosa sabía que su reacción era exagerada, y que los niños probablemente la pasaban de maravilla, en donde fuera que estuvieran, pero no podía más que preocuparse.

A las tres de la tarde, Rosa ya estaba segura de que algo terrible había sucedido. Al inventar una cita con su médico, salió de su trabajo una hora más temprano que la hora de salida y corrió a casa, sin pararse a cargar gasolina para poder llegar al trabajo el día siguiente.

Al usar su propia llave en la verja de la entrada, Rosa aceleró su Ford Taurus hacia la cima de la colina y se sintió tanto aliviada como asombrada al llegar a la cima al encontrarse con el Jeep Wrangler estacionado en la entrada. ¿Por qué no contestaban el teléfono?

No había nadie en la casa. Ni los perros ni los niños ni tampoco ningún hombre alto y guapo salió a su encuentro. El estómago de Rosa gruñó cuando pasó por la cocina al gozar de los suculentos aromas que de ahí emanaban. Al seguir su olfato, encontró una olla grande que burbujeaba lentamente sobre la estufa con el quemador a fuego lento, y el reloj del horno indicaba que faltaban treinta minutos.

A través de las puertas corredizas de cristal, Rosa pudo ver que no había nadie en la piscina, y los flotadores se mecían suavemente sobre la superficie. Luego se fijó en la manguera del jardín que serpenteaba por la orilla de la piscina para luego desaparecer.

—¿Hola?

Al abrir la puerta de cristal, Rosa salió al patio elevado. Aunque aún no veía a nadie, sabía que había descubierto al grupo —su saludo apenas se escuchó sobre el fuerte vocerío, y se oyó un grito chillante desde el jardín que corría a un lado de su casa.

Al darse la vuelta a la esquina, Rosa no pudo creer la vista que le esperaba.

Lo que un día antes era un parche de tierra en que el pasto se negaba a crecer, hoy se había convertido en un campo de batalla, con todo y combatientes vestidos de pañuelos de hierbas de camuflaje; sus caras pintadas de color verde. Habían construido un par de fortalezas frente a frente a una distancia de unos seis metros. Construidas de madera prensada y bolsas de arena, en cada una había izada una bandera, que Rosa reconoció como camisas provenientes de su bolsa de trapos viejos, cuidadosamente atada a un palo clavado en el suelo. Los fuertes eran bajitos y pegados al suelo, y al observar a Alex, mientras corría para meterse en uno de ellos, se dio cuenta de que el suelo tenía que haber sido cavado profundamente por dentro; y que la tierra cavada seguramente sería la tierra con la que habían llenado las bolsas.

Alex y Roberto estaban de traje de baño, lo cual le

parecía bastante buena idea, dado que las municiones para su guerra consistía en bombas de globos de agua. Graciela gritaba con voz aguda al correr por todos lados en su ropa interior color rosa, su pañuelo de hierbas de camuflaje atado a la altura de su cintura gordita.

Al echar un solo vistazo a Brian, Rosa ya no pudo desviar la vista hacia otro lado. *¡Ay!* era la única manera de describirlo.

Vestido sólo de traje de baño y pintura de guerra, con un pañuelo de hierbas tapándole la cabeza, su amo de llaves se veía aun más increíblemente hermoso que antes. Con cuerpo de modelo de revista, los hombros de Brian medían lo doble que su delgada cintura. Su pecho estaba forrado ligeramente con vellos tan negros como su cabello, pero su tez estaba bronceada por los años que había pasado al sol, y los vellos negros sólo contribuían a su aspecto general de kilómetros de piel bronceada. Sus piernas estaban muy bronceadas también, y eran muy musculosas y velludas. Al preguntarse si la pequeña parte de su piel que estaba tapada por el traje de baño estaría tan bronceada como el resto de su cuerpo, se le secó la garganta a Rosa. Ni siquiera quería pensar en los vellos ni tampoco en sus músculos.

Alrededor de su frente, Brian se había atado un pañuelo igual a los de sus hijos, que inexplicablemente le iba bien porque hacía destacarse sus pómulos altos y enmarcaba sus ojos oscuros que brillaban de risa.

Estaba de cuclillas atrás del fuerte que obviamente le tocaba a él y a Graciela, armado de media docena de globos de agua, y estaba susurrando a su hija que se quedara quieta mientras esperaban el acercamiento del enemigo. Cuándo al fin se acercaron furtivamente Roberto y Alex, lejos de la protección de su propio fuerte, Brian atacó. Con un grito que claramente demostraba que el hombre había visto demasiadas películas de guerra, se fue sobre los niños, y levantó a Graciela en uno de sus brazos fuertes para lanzar con el otro brazo sus municiones en dirección a los muchachos que ya se fugaban.

Rosa no pudo contenerse. Se rió en voz alta. Durante un momento, pensó en sacar la cámara de video, porque nadie jamás le creería, pero estaba riéndose demasiado y acabó por desplomarse en el pasto para observar mientras se empapaban sus hijos ante el ataque.

Cuando por fin se le acabaron los globos de agua, Brian meneó la mano para saludar a Rosa, y luego bajó a Graciela al césped. Todavía chillaba de risa, y la niña se metió de nuevo a su fuerte, aparentemente sin importarle o sin darse cuenta de que a su equipo se le habían acabado sus municiones.

—Hola, llegó usted temprano —caminando a su encuentro como si fuera de lo más natural traer la cara pintada con rayas verdes, Brian se sentó al lado de Rosa sobre el césped. Suspiró—. Ahora sí que me han cansado.

—Me alegro de haber salido temprano del trabajo hoy —dijo Rosa—. No me habría perdido de esto a cambio de nada en el mundo.

—Los indios estaban inquietos. Y así pude ocuparlos en la construcción del escenario para la guerra durante varias horas. Sus hijos son muy aptos para llenar las bolsas de arena, por si no lo sabía. Pronostico grandes carreras en el ejército para ellos en un futuro lejano.

Observaron mientras los niños llenaban sus globos con agua durante un largo rato antes de que hablara Rosa.

—Algo huele muy rico en la casa. ¿Qué hay de cenar?

No hubo respuesta. Con cara asustada, Brian se puso de pie.

—¡Caray! ¡Mi salsa!

Corrió hacia la casa, y dejó a Rosa para organizar a los combatientes de jardín.

CAPÍTULO TRES

En el camino a su casa esa noche, Brian sonrió con agrado al pensar en las actividades del día. Luego miró a su hija dormida en el asiento trasero, y volvió a sonreírse. Graciela había gozado de un día maravilloso. Se había quedado dormida casi al sentarse en su silla. Tendría que despertarla para cenar al llegar a casa, pero reconocía que tenía que estar rendida, y pensó que una siesta de diez minutos le caería bien.

Él también había disfrutado de un día maravilloso, por agitado que hubiera sido. Sobre todo, había comenzado bastante bien. El domingo había pensado que Rosa Osario era guapa vestida de short y camiseta, pero ni siquiera estuvo preparado para verla vestida para ir al trabajo esta mañana, con falda recta y zapatos de tacón alto. Por poquito se le caía la baba al seguirla hasta la cocina.

Rosa los había invitado a él y a Graciela a cenar con la familia, pero al sólo mirar a Graciela, Brian se había dado cuenta de que era hora de llevar a su hijita a casa. Además, no estaba seguro de que pudiera estar cerca de Rosa ni un rato más, oliendo su perfume y admirando sus piernas, sin propasarse con ella; y sabía que por lo menos uno de los dos se arrepentiría si lo llegaba a hacer. Y tenía la absoluta certeza de saber que él no sería el arrepentido.

En lugar de eso, había optado por empacar una porción de la cena para llevarla a casa para Graciela, y otra para dejarla en la casa de Débora, y le dio las gracias a su patrona —y tenía que recordarse solo cada par de minutos que se trataba de su patrona— y llevó a su hijita soñolienta en sus brazos al coche. Rosa se paró en la entrada principal y se despidió con un ademán de la mano, y lo último que alcanzó a mirar Brian era la vista de sus hermosas piernas que se veían aun más largas con los tacones altos que aún no se había quitado desde su llegada del trabajo.

Por primera vez en más de un año, Brian tenía ganas de salir de su casa el día siguiente.

—Graciela, mi cielo, despierta...ya llegamos a casa.

Se veía muy bonita con sus rayas de pintura verde, pensó Brian cariñosamente. De verdad que la chiquilla se había divertido mucho hoy. Cuando su trabajo de amo de llaves se terminara, tendría que buscar grupos de niños para que pudiera seguir jugando su hijita con amigos. Tenían que acabar con sus largos días de encierro en la casa.

Lo que realmente le hacía falta a Graciela eran algunos hermanos y hermanas, y Brian lo reconocía. Durante su propia infancia, jamás le había faltado con quién jugar. En todo caso, le había faltado cualquier asomo de privacidad, pero siempre hubo con quién jugar. Lo entristecía de verdad que Olivia y él sólo hubieran estado juntos el suficiente tiempo para engendrar a Graciela. Hubo una vez cuando había logrado convencer a su esposa que les hacían falta por lo menos seis niños para hacer interesante la vida. Fue entonces que Olivia se había enfermado y sus prioridades en la vida habían cambiado por completo.

Pero ahora tenía una gran oportunidad para compensar a Graciela. Durante ocho semanas gozaría de una familia casi normal, y después, se dedicaría él a darle un ambiente más divertido a su hijita. Después de hoy, Brian estaba seguro de que el trabajo de niñero saldría muy bien. Sólo que también le habría gustado que Rosa estuviera todo el día en la casa. De ser así, ¿quién sabe qué clase de juegos podrían inventar?

Rosa estuvo levantada hasta muy tarde esa noche. Caminaba con pasos queditos por su casa, vestida de pijama; simplemente no se le concedía el sueño. Quizá fuera porque su casa seguía con el sabroso olor a restaurante italiano, o quizá fuera porque había comido demasiado espagueti durante la cena. O quizá, se confesó a sí misma, el recuerdo de Brian en traje de baño era demasiado excitante para una mujer que había sido soltera y abstinente durante más de cinco años.

Parada en la veranda anterior de su casa para mirar a las luces del valle en el horizonte, Rosa suspiró de gusto por la manera en que había resultado el día. Jamás se habían acostado tan a gusto los niños, rendidos por sus actividades del día; de cavar hoyos y rellenar bolsas de arena y de jugar a la guerra que habían llamado "La guerra de Vietnam", pero con bombas de agua. Ella se había reído cuando le habían contado que Brian realmente había ido a Vietnam y que había sido tanto un piloto como un comandante de tropas de tierra. Cuando ella les había explicado que esa guerra había acabado veintidós años antes, cuando Brian habría contado con unos doce años de edad, simplemente no le habían creído y habían seguido vanagloriándose de las supuestas aventuras de su nuevo héroe "Atrás de la línea de fuego". Finalmente, ella se había dado por vencida. Se darían cuenta a su propio paso de que se trataba de una broma por parte de su niñero.

Y hablando de bromas, ella ni de broma había podido dejar de mirar fijamente a las piernas tan musculosas del hombre. Ella lo había seguido a la cocina nada más para darse el lujo de otra larga mirada a su hermoso cuerpo, después de negarse el gusto en el jardín para evitarse la vergüenza de ser descubierta. Al llegar a la cocina, lo había encontrado ya metiendo los espaguetis en el agua hirviente, completamente vestido de pantalones Dockers y una playera de polo, y sin rastro de pintura de camuflaje. Rosa había tratado de que no se le notara la desilusión.

Ella misma reconocía que era una locura sentirse tan atraída por este hombre. Acababan de conocerse. Pero cielos, un hombre que sabía cocinar y arreglar un refrigerador, que pasaba todo un día con sus hijos sin que lo encontrara tomando la copa a las cuatro de la tarde, y quien se veía tan guapo al correr por su jardín sosteniendo a una niña de tres años con un solo brazo; Brian constituía de la materia prima para la realización de todos sus sueños.

Pero Rosa sabía que tenía que conformarse con

sus sueños del día anterior. Si sólo podía lograr pasar el verano consciente de que sus hijos estaban con un adulto responsable y amable, sin tener que comer tacos durante dos meses, Rosa sería una mujer muy feliz. Había soñado con lo inalcanzable antes; sueños que evocaban las palabras "promesas" y "siempre". Los sueños más sencillos eran los mejores realmente, y no desilusionaban tanto a uno cuando no se realizaban.

Después de cerrar la puerta con llave, Rosa caminó por la larga casa vacía, apagando las luces y levantando juguetes al pasar. Realmente le había ido muy bien durante los últimos cinco años. Ganaba lo suficiente para vivir bien, y tenía dos acompañantes de tiempo completo para su diversión. No tenía por qué sentirse como si algo le faltara en la vida sólo porque un hombre se había mostrado tanto divertido como responsable.

La mañana siguiente, Brian y Graciela ya estaban en la cocina cuando salió Rosa de su recámara.

—Buenos días —Brian dijo al voltearse de la estufa, y le sonrió ampliamente de manera que Rosa sentía derretirse.

—Buenos días—hizo eco su hija, con la boca llena de hajuelas.

—Llegó usted temprano —de manera automática, Rosa levantó su portafolios y lo colocó sobre la mesa, y buscó su lonchera en el gabinete.

—Aquí está —Brian abrió el refrigerador y le entregó la lonchera a Rosa—. Ya se la preparé.

Rosa lo miró asombrada.

—No era necesario que hiciera usted eso.

—No me importa. Además, un par de manzanas y Sabritas no constituyen una comida balanceada.

Rosa abrió la bolsa y miró al contenido.

—Caray, es mucha comida para el mediodía.

—De verdad, no es mucho. Así parece, porque empaqué la carne por separado, y el pan aparte, para que no se humedezca. Espero que le guste el sándwich de albóndigas.

A Rosa se le hizo agua la boca.

—Es de mis favoritos, pero fue mucha molestia para usted.

—No —dijo Brian al voltear una hojuela en el aire—. Preparé las albóndigas ayer con la salsa. Además —agregó al examinar la delgada figura de Rosa—, parece que a usted le hacen falta algunas buenas comidas.

Reconocidamente, la mejor manera de conquistar a Rosa era por medio de su estómago. Tuvo que organizar rápidamente sus cosas por miedo de fundirse ahí mismo en el suelo.

—¿No va a desayunar? —preguntó Brian al verter un jarabe de moras sobre un montón de hojuelas para colocar el plato en frente de Alex.

—Gracias, pero nunca desayuno. Tomaré un café al llegar al trabajo. Además —agregó Rosa al echar una mirada a la lonchera bien empacada—, podría empezar a disfrutar de mi comida a las nueve de la mañana y seguir disfrutándola durante todo el día.

—¡Qué buena onda! ¡Huele a hojuelas! —las palabras de saludo de parte de Roberto incitaron a los tres niños a hablar, todos al mismo tiempo. Abrió sus ojos extensamente al mirar el montón de hojuelas que Brian colocó delante de él—. ¡Qué rico!

Rosa no podía haber esperado mayor perfección. Sus niños definitivamente estaban en buenas manos.

—Bueno, pues me tengo que ir.

Se dio cuenta de que ninguno de los niños levantó la mirada. No muy segura si estaba ofendida o si le agradaba no tener que pasar por las acostumbradas prisas de último momento, Rosa levantó su portafolios y sus llaves. Brian quitó el comal de la estufa y la acompañó a la puerta.

—¿Qué es lo que tienen planeado ustedes para el día de hoy?

—Aún no decido. Pero inventaré algo en qué distraerlos de manera divertida.

—Me imagino que sí.

Rosa no pudo suprimir la sonrisa durante todo el camino al trabajo. Trataría de llegar a casa un poco más temprano otra vez. No le gustaría perderse de la "manera divertida" que había mencionado Brian.

—¿Ya terminó el año escolar de tus hijos? —Doreen colocó su bandeja de golpe sobre la larga mesa de la cafetería.

—El viernes fue su último día —respondió Rosa, al sentarse en una silla al otro lado de la mesa enfrente de su amiga—. Y ya me están volviendo loca —agregó con una risa.

—Bueno, si sólo tomaras mi consejo y te buscaras a alguien que te ayudara a criarlos... —dijo Doreen sugestivamente.

—Ahora que lo mencionas, ya seguí tu consejo. He contratado alguien para ayudarme durante el verano.

—Una ama de llaves no es a lo que me refería,

Rosa, y tú lo sabes. Me refería a un novio, un hombre.

—Ya tengo a dos de pleno tiempo en mi vida, gracias. Con ellos me basta —Rosa hablaba muy en serio. Habían tenido esa conversación muchas veces—. Además —continuó Rosa en tono ligero—, dentro de pocos años, Roberto ya tendrá la suficiente edad para acompañarme a las fiestas.

Pero Doreen no se daba por vencida.

—Te tengo guardado un tipo maravilloso que me muero por que conozcas. Se llama Andy Stone. Es colega de Doug en el trabajo, y gana muy bien. ¿Por qué no salimos todos la noche del viernes?

Rosa meneó al cabeza. Raras veces salía.

—No creo. Lo más probable es que rente una película con los niños el viernes, pero te agradezco la invitación. Además, jamás podría conseguir a una niñera con tan poco tiempo.

—Puede ser —Doreen frunció el entrecejo—. Pero realmente deberías salir con Andy. Doug dice que sería la pareja perfecta para ti.

Todo el mundo conocía a alguien que sería "la pareja perfecta," pero jamás resultaban así. Rosa pasó por alto la persistencia de su amiga y sacó su lonchera.

—¡Caray! ¿Qué tanto tienes ahí? —Doreen miró la bolsa con curiosidad.

—Pues, no estoy segura todavía —respondió Rosa al abrir la bolsa—. Vamos a ver...—sacó un pan de bolillo con una rebanada de queso blanco dentro, seguido por el plato redondo de Tupperware. Se le hacía agua a la boca al oler la rica fragancia al ajo que emanaban las albóndigas. Luego sacó un contenedor pequeño de ensalada de papa del supermercado seguido por una bolsita de plástico llena de tiras de zanahoria y apio. Finalmente sacó un termo de Aladino, y con eso quedó vacía la bolsa.

—Caramba —dijo Doreen asombrada—. ¿Le pediste a tu nueva ama de llaves que te prepare tus comidas también? ¡Parece que conseguiste en ella un estuche de monerías!

—Pues no le pedía al amo de llaves que me lo hiciera —contestó Rosa, mientras colocaba las albóndigas en el pan—, pero me agrada que lo haya hecho. ¡Se ve delicioso esto!

Doreen sólo había captado una palabra de lo dicho por Rosa.

—¿Amo?

—También me sorprendió —admitió Rosa, arrepentida por haber dejado que se le saliera la palabra inesperadamente—. Pero es una maravilla con los niños, y es excelente cocinero.

—Ya veo —Doreen echó una mirada a la comida y luego la levantó hacia la cara de su amiga—. ¿Cómo se llama?

—Brian Torres. Es un escritor y tiene libre el verano. Quería ganar un poco de dinero extra.

—¿Qué es lo que escribe?

Rosa se encogió de hombros.

—Dice que es independiente, si es que eso significa algo.

—Lo que significa, Rosa, es que no tiene ningún trabajo de verdad —respondió Doreen con un aire sofisticado—. También significa que el tuyo es probablemente el primer cheque que ha recibido en lo que va del año.

—No. Se mantiene a sí mismo y a su hija, así que me imagino que le va bien —la intención de Rosa no había sido de defender a Brian con tanta vehemencia, pero sabía que Brian no era ningún perdedor.

—¿No? —Doreen arqueó una ceja—. ¿Tan poco tiempo y ya sales en su defensa? Por el amor de Dios, debe de ser muy, pero muy guapo.

—Es un amo de llaves muy, pero muy bueno, Doreen —la corrigió Rosa—. Y tuve mucha suerte en encontrarlo.

Doreen no le contestó, pero le echó su acostumbrada mirada de sabelotodo a Rosa. Finalmente, Rosa se dio por vencida.

—De acuerdo, es muy guapo —Doreen sonrió y Rosa suspiró. Todo el mundo quería andar de casamentera—. Pero de verdad fue el mejor candidato.

—Yo te creo —pero la sonrisa traviesa le indicó a Rosa que faltaba mucho para cerrar el tema—. ¿Y qué, exactamente, tuviste que hacerle para ganarte esa sabrosa comida el día de hoy?

—¡Doreen!

—Bueno, Rosa, no es como si fueras una mujer casada, o como si tuvieras compromiso alguno con alguien, o como si acaso salieras con alguien de vez en cuando. Creo que si puedes conseguir que venga un tipo guapísimo a vivir contigo durante todo el verano, pues te mereces todo mi respeto. En lo personal —agregó Doreen, y colocó en el plato su emparedado para hacer énfasis—, creo que es una magnífica idea. Te lo he dicho desde el principio.

—No vive conmigo. Va a cuidar a los niños durante ocho semanas. Aunque tú no lo creas, hay una gran diferencia.

Doreen se encogió de hombros de manera indiferente, e hizo una pausa.

—¿Dices que tiene una hija? —preguntó con fingida inocencia.

Rosa no pudo ocultar una sonrisa cariñosa.

—Sí, una niña de tres años con largos rizos negros y unos ojos enormes de color café. Es verdaderamente adorable.

—¡Qué conveniente! Siempre has anhelado tener una hijita.

A veces no convenía conocer a alguien tan profundamente. Doreen le había tendido una trampa. Y ella había caído de lleno en la trampa.

—No hay nada de eso, Doreen.

Doreen se limitó a encogerse de hombros una vez más. Rosa se dio por vencida. Su batalla estaba perdida de antemano, por mucho que luchara, y ella lo reconoció. Doreen creería lo que querría, y nada de lo que pudiera decir Rosa la haría cambiar de parecer.

—¿Cuándo me vas a permitir el lujo de conocer a este sueño de hombre?

—Nunca —el tono de Rosa era decisivo. No pensaba, de ninguna manera, exponer a Brian a los ataques de los tiburones que tenía por amigas—. Después de todo, tú nunca me has presentado tampoco a la mujer que limpia *tu* casa.

—Así es, pero como que no es lo mismo, Rosa. Ella tiene más de cincuenta años, está pasada de peso, y probablemente no puede hacer que le lata fuertemente el corazón a su marido, mucho menos el tuyo o el mío. Tu amo de llaves, en cambio, suena bastante más interesante.

—Olvídalo, Doreen. No voy a perder a un buen amo de llaves nada más porque mis amigas piensen que debo perder los estribos con cualquier hombre que se me ponga enfrente. Ya te dije que no me interesa salir con nadie.

Doreen pasó por alto la última declaración de Rosa.

—Has conocido a muchos hombres durante los últimos cinco años. Jamás has descrito a ninguno de ellos como "muy guapos". ¿Es más grande que tú o más joven?

—No porque tenga algo que ver, pero yo diría que somos más o menos de la misma edad.

Rosa se sentía incómoda con el tema de la conversación. Su única experiencia con el matrimonio había fracasado. Justo cuándo había llegado a pensar que había logrado todo lo que anhelaba, su marido la había abandonado con los dos niños, la casa, y la vida por la que habían luchado tanto durante diez años. Los había dejado por un trabajo de alta distinción en la Ciudad de México, y por una diminuta esposa rubia. Una vez que la nueva pareja tuvo un hijo propio, los hijos de Rosa habían pasado al olvido al igual que ella. Alex había sido demasiado chico para darse cuenta siquiera, pero Roberto había sido lastimado. Igual que Rosa. Ella jamás volvería a dejarse lastimar de esa manera. Ni por el hombre más perfecto del mundo.

—Mira... tengo que volver al trabajo. Tengo que apurarme si quiero salir a las cuatro.

—¿A las cuatro?

Rosa se dio cuenta de que había vuelto a meterse la pata. Arrepentida de haberlo dicho, se confesó.

—Pensaba salir un poco más temprano hoy. Tengo unas cosas que quiero hacer en la casa.

—Me imagino que sí —dijo Doreen con una sonrisa.

Rosa pasó por alto la sonrisa, y acompañó a Doreen a su puerta a unos pasos por el corredor.

—Nos vemos mañana.

—Así es. Y no olvides lo del viernes de la semana entrante.

—¿Cómo? —Rosa no tenía idea de lo que hablaba su amiga—. ¿Qué cosa el viernes?

—Que vas a salir con Andy Stone —le recordó Doreen—. Yo le diré que puedes ir el viernes de la semana entrante. Así tienes dos semanas para buscar a una niñera.

—¡Ay, Doreen...! —Rosa empezó.

Pero Doreen acalló sus palabras.

—Es una noche, Rosa. Si te cae mal, no tienes que volver a salir con él. ¿Qué tan desagradable podría resultarte una sola noche?

Rosa capituló finalmente. Ya no había tiempo para discutir, pues tenía que volver al trabajo.

—Está bien, Doreen. Haz los planes. Pero nada más te lo permito ésta sola vez, y me tienes que prometer que no volverás a insistir —le advirtió Rosa—. Si salgo con el tal Andy, tienes que prometerme que no volverás a alcahuetearme.

—Claro —Rosa sospechaba que Doreen habría prometido lo que fuera en ese momento—. El viernes de la semana entrante, entonces. Y te apuesto que te vas a divertir mucho. Deberías salir a comprarte un nuevo vestido.

Rosa sonrió.

—Avísame a dónde piensa llevarme mi nuevo pretendiente. Estoy segura de poder buscar algo apropiado entre mis cosas.

Doreen obviamente estaba satisfecha de haber ganado la batalla. Se dio por vencida en esta discusión con desacostumbrada facilidad.

—Lo que tú escojas se verá bien —asintió Doreen—. Yo llamaré a Andy esta tarde y luego te aviso a qué hora, ¿de acuerdo?

Rosa empezó a sugerir que el tal Andy Stone le llamara directamente para dejar fuera al intermediario. Pero Doreen parecía divertirse tanto, que Rosa no quería estropearle su diversión.

—Está bien —dijo Rosa—. Y ahora *tengo* que volver al trabajo —agregó resueltamente.

Doreen estaba todavía sonriente al cerrar la puerta tras ella. Pero Rosa no estaba sonriente al regresar a su escritorio. ¿Un pretendiente? Dios, sólo eso le faltaba. Estaba demasiada grandecita como para andar de novia.

Al salir del frío aire acondicionado de su trabajo esa tarde, Rosa se sintió como si hubiera entrado en un horno. En Tucson, el mes de junio era terrible. No había humedad, ni lluvia, ni un respiro sin calor hasta por las noches; sólo se respiraban temperaturas de cuarenta y dos grados centígrados y más, día tras día. La ciudad ardía mientras los residentes esperaban el comienzo de los temporales del verano. Entonces subiría la humedad, pero las temperaturas bajarían a unos treinta y ocho grados, que era bastante más soportable.

Para finales de junio, hasta las orillas de los cactos se verían quemadas por el sol por falta de agua, y la cuenta de agua para la alberca y el pequeño jardín de Rosa pasaría de doscientos dólares por mes. Aun así, su casa era como una oasis en medio del desierto del Sáhara, y Rosa pensaba que eso valía la pena a pesar del costo.

Cerró la portezuela de su Taurus, y Rosa prendió

el aire acondicionado para dejar que el aire gélido refrescara su piel calurosa. Hoy sería un día perfecto para caminar directo del coche a la piscina, por mucho que estropeara su traje tan perfectamente planchado. O mejor aún, el calor se prestaba para ir dejando su ropa, pieza por pieza, en camino a la piscina de agua refrescante. Ella solía hacer eso, antes de que nacieran los niños.

Pues eso sí que causaría una gran sensación, pensó Rosa riéndose. Sería mejor esperar hasta que Brian y Graciela se retiraran a su casa, para luego nadar con sus hijos.

Al parecer, Brian y los niños habían tenido la misma idea. Al entrar a su casa a dejar sus cosas, los encontró en su piscina donde chapoteaban y gritaban. Los observó con envidia desde la puerta trasera de la casa, y Rosa no era capaz de echarlos nada más por que ella quería nadar. Suspiró, y decidió cambiarse de ropa. Había notado que los árboles del jardín delantero se veían muy secos; si no los regaba, no sobrevivirían la sequía.

—Hola. No la oí llegar.

Brian estaba parado en la cocina, moviendo algo en el tazón grande de plata de Rosa cuando ésta salió de su habitación.

—Ustedes estaban divirtiéndose tanto que no quise interrumpirlos —que Dios le amparara, él se había puesto el mandil blanco de ella por encima de su traje de baño. Rosa había escuchado las historias de aquellas mujeres que no podían controlar sus deseos. Empezaba a pensar que ella podría ser una de ellas.

—¿Por qué no se pone su traje de baño para nadar con ellos mientras yo termino de preparar la cena?

Rosa sacudió la cabeza. No pensaba ni por un minuto ponerse su viejo traje de baño percudido sobre su cuerpo de treinta y tantos años para hacer el ridículo frente a esta maravilla de hombre.

No, gracias. Además, tengo que regar los árboles en el jardín de adelante. Se ven un poco marchitos.

—Yo iba a hacer eso hoy —se disculpó Brian—. No se moleste, yo lo haré tan pronto como meta esto al horno.

A ella le ganó tanto el hambre como la curiosidad.

—¿Qué es lo que prepara usted?

—Bueno, pues esto es para hacer un pastel de chocolate. Llegó usted un poco temprano, pero puedo quedarme hasta terminarlo —ofreció. Al asentir Rosa con la cabeza rápidamente, Brian continuó—. Para la cena hice conchas rellenas. Temo que es un platillo italiano de nuevo. Quería usar lo que quedaba de la salsa, así que espero que no le importe.

—¿Que si me importa? —la voz de Rosa demostró lo increíble que consideraba esa idea—. Cocina usted de maravilla. Es lo mejor que hemos comido los niños y yo desde hace años. Le apuesto que voy a subir cinco kilos durante el verano.

—Le hacen falta —la mirada de Brian recorrió todo su cuerpo vestido de short—. Está usted tan delgada que cualquiera la tomaría por modelo de alta costura.

Rosa se rió.

—Usted lo dice como si fuera un insulto, Brian. A

mí siempre me han dicho que es bueno tener cuerpo de modelo. Ya sabe como dice el refrán: "No es posible ser ni demasiado rica ni demasiado delgada".

—Los refranes jamás dicen la verdad —replicó Brian, al meter el refractario del pastel en el horno, donde apenas cabía. Al abrir el horno, éste despidió un olor sabrosísimo al interior de la casa—. En lo personal, me gusta más el refrán que dice: "No es posible ser demasiado feliz ni estar demasiado alimentado".

—Pues usted ha hecho una magnífica labor al alimentarnos muy bien.

—Me da mucho gusto. Ahora, la invito a sentarse un ratito aquí para sentirse feliz también. Si usted se queda aquí de donde alcanza a mirar a la piscina, yo iré a poner la manguera para regar esos árboles. Luego sacaré a los niños de la piscina para que vengan a cenar.

Y lo único que tenía que hacer ella era sentarse ahí. Rosa observó mientras Brian se puso los zapatos para salir por la puerta principal. No le cabía la menor duda: se iba a terminar el verano demasiado rápido.

CAPÍTULO CUATRO

—Le llamó una amiga antes de que llegara usted del trabajo.

Rosa estaba relajada y disfrutaba de la plática de sobremesa con Brian, mientras gozaba de la vista del ocaso a través de las grandes puertas corredizas de cristal. El ambiente estaba maravillosamente tranquilo. Brian les había dado de cenar a los niños más temprano, para luego acomodarlos en la sala para ver una película; dejándoles un gran plato hondo de palomitas.

Rosa había tardado una semana en convencer a Brian de quedarse a cenar con la familia. Lo había convencido al insistir que era absurdo que él cocinara tan maravillosas cenas para tener que llevar a Graciela a casa para comer la misma cena recalentada. Brian finalmente había accedido, y a Rosa le agradaba su compañía durante las tardes.

—¿Una amiga? ¿Quién?

—Doreen.

Rosa se enderezó en su silla.

—Mil disculpas.

—¿Por qué se disculpa? —pero su sonrisa no

logró engañarla, y Rosa pudo ver que sabía exactamente por qué se disculpaba.

Rosa puso los ojos en blanco.

—Porque sin duda alguna, Doreen pasó la llamada entera tomándole la medida para decidir si es buen candidato para pasar el resto de su vida manteniéndome. En lo único que piensa ella es en que yo me case.

—Quizás fuera así al principio —dijo Brian, sonriendo—. Pero por lo visto opina que ser escritor no cumple los requisitos de un verdadero empleo, así que ya descartó la posibilidad de casarme con usted. Sin embargo, me pidió de parte de usted que cuidara a los niños el viernes por la noche.

—¿Le pidió *qué?*

—Dijo que ustedes tenían planes para la noche del viernes, y que probablemente no había usted conseguido que alguna niñera viniera.

Rosa empezó a quitar los trastes de la mesa.

—No me molestaría. No es como si yo tuviera algo importante que hacer. Ya sabe que cuando uno tiene hijos, no hay tal cosa como una vida social.

Sí, ella sabía cómo era cuando uno tenía hijos. Pero aún después de una semana desde la plática con Doreen, Rosa todavía no tenía ganas de salir con el tal "Andy de los billetes". Ella sólo pudo imaginarse cómo sería el tipo. Sería por lo menos veinte años mayor que ella, o por lo menos de cincuenta y tantos años. Estaría medio calvo o por lo menos perdiendo su cabello; sería de baja estatura y regordete; y uno de esos tipos que podría llenar la vida de la mujer apropiada con lujos materiales a cambio de ser vista con él. Rosa se estremeció. No tenía deseo alguno de ser esa mujer apropiada.

Y si alguna vez llegaba a salir en una cita a ciegas, Brian era la última persona en el universo que querría esperándola en su casa. No es como si Brian se interesara en ella, sino que a ella le daría mucha vergüenza que la viera con ese tal Andy a la hora en que el chaparrito pelón tratara de darle un beso de despedida en la puerta principal de su casa.

Ella tendría que llamar a Doreen y cancelar la cita.

—Creo que voy a cancelar lo del viernes para quedarme en casa —dijo Rosa—. Si cambio de parecer, le avisaré a usted, pero realmente no tengo ganas de salir.

Ella llamó a Doreen el día siguiente desde el trabajo.

—Hola Doreen, soy Rosa.

—Estuve a punto de llamarte. Hablé con tu amo de llaves ayer. Suena guapo y joven. ¿Cuánto le pagas por estar contigo?

Rosa puso los ojos en blanco.

—No esquives la pregunta.

—Cuando yo pongo anuncios para buscar empleados, las únicas que responden son mujeres gordas y viejas y con las manos percudidas. No me parece justo. Sin embargo me alegro por ti que lo hayas encontrado. Significa que puedes salir el viernes en la noche. Te apuesto a que no conseguiste a ningún otro niñero, ¿verdad?

—Es sobre eso que quería hablar contigo...

Doreen la interrumpió.

—Andy te va a llevar al Salón Ocotillo. ¿No te parece maravilloso? Es el lugar más elegante de la ciudad.

La verdad era que Rosa había comido ahí en varias ocasiones con sus colegas. Pensaba que el lugar era un poco pretencioso.

—Mira, Doreen, respecto al viernes en la noche, no creo que pueda ir.

—Por supuesto que puedes ir. Ya tienes un niñero. Además, me prometiste salir esta vez —la voz de Doreen sonaba casi petulante. Definitivamente a la mujer le urgía otra cosa en qué ocuparse, pensó Rosa—. Y ya está todo planeado. Por el amor de Dios, hoy es jueves, y Andy ha planeado esto durante una semana y media. No puedes cancelar la velada a estas alturas. Sería inaceptable.

Y tenía razón. Era una cuestión de honor. Rosa tendrían que salir con el regordete y calvo Andy.

Brian no se sorprendió cuando Rosa le llamó un rato más tarde. Ya esperaba su llamada.

—Hola, Brian. Parece que voy a tener que aceptar su oferta de cuidar a los niños el viernes. Le agradecería mucho si pudiera quedarse un rato más mañana en la noche.

Brian pareció estar satisfecho consigo mismo.

—Ya me imaginé que no le dejarían escapatoria. Doreen no me pareció del tipo de mujer que se daría por vencida. Realmente no es ningún problema, pero si a usted no le importa, me gustaría invitar a alguien a que venga a nadar un rato.

Brian sabía que Débora mataría por tener una oportunidad de ver la casa y de usar el jacuzzi. Y Jake estaba con su padre, así que probablemente se sentía muy sola.

—No, no me importa si invita a un amigo —le

aseguró Rosa—. La verdad es que me consolaría mucho porque me siento mal al estropear sus planes para la noche.

—No es ningún problema —le insistió Brian—. Nos vemos en la noche.

Brian llamó a Débora luego y recibió una respuesta entusiasta. Pensó que así saldría muy bien. Quizá el próximo viernes pediría a Débora que cuidara a todos los niños para invitar a salir a Rosa. O mejor aun, él y Rosa podrían acostar a los niños temprano y relajarse en el jacuzzi y observar mientras se encendían las luces de Tucson, una tras otra. Le encantaría ver a Rosa en traje de baño. Pero tendría que esperar otra semana. Mañana Rosa saldría con su amiga, y Débora también tendría la oportunidad de salir una noche.

Rosa aún no se sentía a gusto con la idea de salir. Frunció el ceño al ponerse el vestido de seda por la cabeza, y trató de no despeinarse después de pasar una hora para peinarse. Había intentado convencer a Doreen de que sería mejor ir en su propio coche para verse con ellos en alguna parte, pero no había logrado decirle nada. Doreen había insistido en que todo estaba decidido; ya le había dado indicaciones a Andy de cómo llegar a la casa de Rosa, y éste pasaría por ella a las siete.

Entonces, dado que los demás habían tomado todas las decisiones por ella, Rosa se apresuró a llegar a su casa después del trabajo para bañarse y cambiarse de ropa, aparte de tratar de peinarse. Mirándose severamente en el espejo, decidió que el resultado final no había salido tan mal, después de todo.

Las dos semanas que había gozado de la cocina de Brian habían aumentado unos cuantos kilos al delgado cuerpo de Rosa, y ahora llenaba este vestido que le había nadado durante años. Rosa estaba encantada; siempre le había gustado este vaporoso vestido de seda. Por supuesto, cuando volviera a quedarse sin quién le cocinara, Rosa volvería a sus pésimas costumbres alimenticias y volvería a bajar de peso.

Al buscar hasta el fondo del ropero, Rosa encontró sus sandalias doradas de tacón bajo. Le quedarían a la perfección. Poniéndoselas, decidió no ponerse pantimedias. Las únicas que tenía eran las que usaba en el trabajo, y hacía demasiado calor para estar encerrada en nylon desde la cintura hasta la punta del pie. Sus piernas estaban bronceadas y cuidadosamente afeitadas. Con un poco de aceite de bebé para darles un poco de brillo, se vería perfectamente bien.

Cuando Rosa entró a la cocina, a Brian se le cayó la plancha de galletas que acababa de sacar del horno. Hizo un estruendo fuerte al caer, pero él ni siquiera bajó la vista. Ni siquiera intentó disimular su mirada fija en ella.

—¡Virgen santísima! —fue lo único que logró decir. Caramba. Se veía tan sabrosa que podría comérsela viva. Le habría encantado empezar por las uñas de color rojo vivo que salían por la punta de sus sandalias, para seguir con esas largas y bronceadas piernas. Y el vestido, ¡ay, qué vestido! Brian tragó en seco. Habría apostado lo que fuera a que si no hubiera traído una combinación, el vestido se habría transparentado por completo. Habría dado lo que fuera por saber.

—Se ve usted bien, pero muy bien —logró gruñir finalmente. No pudo quitarle a ella la vista de encima. Entonces, decidió que su reacción honesta no estaba tan errada. Rosa gozaba su mirada, sonriéndole dulcemente. Él se preguntaba si seguiría sonriéndole de la misma manera si simplemente la tomaba entre sus brazos para besarla. Él sí estaba totalmente seguro de que no se arrepentiría, aunque por ello fuera a perder el empleo. Sus miradas se encontraron. Era innegable la descarga eléctrica que pasaba entre ellos. Él reconocía perfectamente que Rosa lo deseaba tanto como él la deseaba a ella. Él extendió la mano hacia ella. El timbre de la verja de la entrada sonó por toda la casa.

Bueno —dijo Rosa al desviar repentinamente la mirada—debe de ser mi acompañante.

Brian se rió.

—¿Se refiere usted a Doreen? ¿Adónde van a ir ustedes dos? —empezó a levantar las galletas tiradas, pero se le paralizaron las manos al escuchar una voz masculina por la bocina.

—Soy Andy Stone. Vengo por Rosa Osario.

Rosa le dijo a la voz que subiera y oprimió el botón para abrir la verja. Brian se concentró en las galletas, y sin levantar la vista, preguntó.

—¿Tiene una cita? —de repente se sintió todo menos que un amo de llaves. ¡Caramba! No debería haberse esperado; debería haberla invitado a salir él mismo. Y bajo ninguna circunstancia podía dejar que Rosa saliera con otro hombre. Brian consideró la posibilidad de encontrarse con el señor Stone de la voz grave allá afuera para explicarle que sería preferible que simplemente se retirara. Y si no funcionaba eso, siempre podría recurrir a su buen puño derecho.

Rosa desvió la mirada.

—Doreen insistió en arreglar esta cita con un amigo de su marido. Ha insistido durante meses. Hace algunas semanas, me di por vencida y acepté.

Y él se había ofrecido para cuidar de los niños, pensó Brian lleno de nausea. De no haberse ofrecido, Rosa no habría podido salir siquiera y no estaría a punto de irse con este perdedor. Si Doreen había escogido a este tipo, entonces indudablemente era perfecto. Brian rechinó los dientes al pensarlo.

—A decir verdad, estoy un poco nerviosa —dijo Rosa en confianza, sonriéndole dulcemente—. No he salido con un hombre en milenios. Temo que se me haya olvidado cómo hacerlo.

Cuando sonó el timbre de la puerta principal, Brian insistió en ser quién lo contestara. La intimidación valía por mil palabras.

—Hola, soy Andy Stone —Brian se quedó mirando fijamente al hombre bien vestido de cabello canoso. Después de una pausa muy larga, agregó—: Vengo por Rosa.

El acompañante de Rosa era de estatura baja. Miró hacia abajo, y Brian observó la huella de su calvicie.

No le costaría ningún trabajo noquearlo de una buena vez. La idea lo tentó mucho, pero Brian no tuvo oportunidad alguna de siquiera advertirle con toda gentileza al tipo porque Rosa llegó.

—Yo soy Rosa Osario, y tú debes de ser Andy.

Brian notó que la mirada del hombre bajó en

franca admiración de las piernas desnudas de Rosa antes de subirla de nuevo a su bonita cara enmarcada por su brillosa cabellera castaña. Si no llegaban antes de las nueve y media, por Dios Santo, Brian se iría con los niños en su busca. Brian no confiaba para nada en este viejo libidinoso, y tampoco en el nuevo y lustroso Corvette que estaba estacionado en el camino de la entrada.

A pesar de todos sus instintos básicos que estaban a flor de piel, entre los cuales sobresalían tanto sus celos como su deseo de matar por simple diversión, Brian logró hacerse a un lado para dejar pasar a la pareja por la puerta principal. Hasta logró desearles una agradable velada antes de que se fueran y respondió de manera apropiada a los recordatorios de Rosa. Y aunque no hubiera podido sonreírles para completar el cuadro, Brian sí que logró cerrar la puerta principal sin tirarla de sus bisagras; pero le costó trabajo reprimirse.

Para la mala suerte de Débora, llegó a los cinco minutos de la retirada de la pareja. Cuando sonó el timbre de la verja, Brian estaba todavía parado al lado de la puerta, y trataba de convencerse de que, a pesar de sus intenciones tan caballerosas, Rosa no le apreciaría sus acciones si perseguía al amable Andy Stone para golpearle la cara contra su lujoso carro rojo.

El timbrazo le sorprendió. Brian golpeó su mano contra el botón del timbre.

—¿Qué?

—Oye, perdón, Brian, soy Débora. ¿Prefieres que me vaya?

Brian suspiró. Débora no tenía la culpa de que él estuviera ardientemente enamorado de su patrona

—ni tampoco tenía la culpa de su estupidez por no habérselo hecho saber.

—No, Debi, no te vayas. Sube.

Oprimió el botón para abrir la verja, y juró olvidarse de que Rosa acababa de salir con un acompañante, portando kilómetros de pierna al desnudo y un vestido transparente.

Intentó olvidarlo, pero no le fue fácil. Especialmente al escuchar las exclamaciones de Débora respecto a la casa, los muebles, la cocina, hasta los niños, a la vez que se admiraba de cuán maravillosa debía de ser su jefa por lograr todo esto por sí sola.

Rosa Osario, su jefa. Era maravillosa, y eso era la mera verdad. Por mucho que quisiera Brian que no fuera cierto, estaba de acuerdo. Era maravillosa. Y probablemente estaba bailando en los brazos de otro hombre en este preciso momento.

Brian accedió con gusto ante las súplicas de los niños de nadar antes de acostarse. Nada más que esperaba que el agua estuviera muy, pero muy fría.

—¿Cuánto tiempo crees que podrás esperar antes de admitirlo?

Los niños por fin estaban en cama y estaban dormidos, y Brian estaba sentado al otro lado del jacuzzi de donde estaba sentada Débora. Ni siquiera fingió que no sabía de qué hablaba ella. Sostuvo el aire y se hundió hasta el fondo. Al salir de nuevo a la superficie, se levantó para salirse del agua al aire relativamente fresco.

—Lo admito. De hecho, creo que lo admití desde la primera vez que la vi.

—Te lo noté —dijo Débora pensativamente—. ¿Pero esta noche salió con otro hombre?

—Bueno, no tengo ningún derecho de prohibírselo, ¿o no? —Brian se fijó en la sonrisa de Débora y suspiró—. Aunque tengo que confesar que jamás me habría ofrecido de niñero de haber sabido con quién iba a salir. Pensé que iba a salir con una amiga.

—A lo mejor esté pasando toda la noche en pensar en lo idiota que es este tipo comparándolo contigo.

—Sí, a lo mejor —pero Brian realmente no tenía tal esperanza—. ¿Qué hora tienes?

—Diez minutos más tarde que la última vez que preguntaste —contestó pacientemente Débora—. ¿A qué hora se supone que va a llegar?

—A las nueve y media. Quizás deberíamos estar listos para irnos.

Débora le sonrió.

—De acuerdo —concedió Brian—. Quizás *tú* debes estar lista para retirarte. No me gustaría que Rosa pensara que tú y yo somos...pues tú sabes a lo que me refiero.

—Sí Brian, yo sé —se burló Débora—. Pero quizás no sea tan mala idea. La competencia suele ser buena para la venta, ¿no? —agregó en un tono más serio.

—Muchas gracias, ¿eh? Me haces sentirme como un lote en venta.

Débora se encogió de hombros, se salió del jacuzzi y se envolvió en una toalla.

—Ya lo verás, Brian. Al presentarme con ella, simplemente no menciones que somos amigos ni que somos vecinos. El lunes, tu Rosa estará frenética por saber exactamente quién soy y qué significo para ti. Y ya sabrás.

—¿Y ya sabré qué? —le sonaba demasiado a mala telenovela.

—Ya sabes qué.

—¿A qué te dedicas?

El aire que entraba por el descapotable en forma de cruz estaba destruyendo cualquier semblanza del peinado que tanto trabajo le había costado a Rosa. Gritó para ser escuchada a pesar de la música rock, y esperó que Andy entendiera la indirecta y que bajara el volumen.

—Trabajo con Doug —le devolvió el grito.

—Ya sé. ¿Eres un ingeniero?

Andy bajó el volumen de la radio por un momento.

—Sí, soy ingeniero aeronáutico.

Eso no lo definía muy bien. Volvió a subir el volumen del radio y Mick Jagger acabó con cualquier oportunidad de platicar una sola palabra más.

Andy Stone no era lo que Rosa había esperado, aunque entendiera por qué pensaba Doreen que el tipo era fabuloso. La verdad era que Andy tenía casi toda su cabellera, y no era gordo para nada. Tampoco era muy alto, pero por lo menos le llevaba unos diez centímetros a Rosa, que medía un metro setenta. Y su coche era increíble. Rosa no sabía mucho de coches deportivos, pero se imaginaba que éste costaría alrededor de cincuenta mil dólares.

Y al igual que su coche, Andy era ostentoso. Aunque era obvio que pasaba de la edad de cincuenta años, como ella se había imaginado, Rosa se sentía mucho más grande que su acompañante mientras trataba de controlar su cabellera que volaba el el aire, y sólo deseaba tener unos tapones para los oídos para acallar la música tan fuerte. El camino al restaurante le pareció eterno. Rosa estaba agradecida cuando Andy por fin metió su coche en el estacionamiento del Salón Ocotillo.

—Se ve que Doreen y Doug ya llegaron.

Y mientras el motor rugía como una bestia enjaulada, Andy estacionó su coche de carreras justo al lado del LTD del marido de Doreen. Rosa suspiró con gran alivio cuando él apagó el estéreo.

Al sentarse ahí con el estruendo de la fuerte música aún palpable en sus oídos, Rosa trató de convencerse a sí misma de que Andy no era un tipo tan desagradable, y trató de esforzarse para perdonarle por lo de la música tan fuerte. Pero a pesar de sus mejores intenciones, el subconsciente de Rosa recorrió toda una letanía de razones por las que este hombre no le convenía. Cuando Andy dio la vuelta al coche para abrirle la portezuela y ofrecerle la mano, lo único en que Rosa pudo pensar fue en cuánto le desagradaban las cadenas de oro colgadas del cuello de los hombres. Andy portaba dos. De manera solícita, le sostuvo el codo al acompañarla al restaurante, y abrió la puerta para permitir que Rosa entrara primero. Rosa se fijó en sus zapatos de tacón alto. No pudo pensar sino en Brian, quien no necesitaba ni de cadenas de oro ni de tacones altos. No porque estuviera comparándolo con Brian, se insistía a sí misma. Y además, no salía con Brian. Era su empleado, y nada más.

—¡Rosa! ¡Andy! —adentro del restaurante silencioso de cinco estrellas, Doreen gritaba y agitaba la mano para saludarlos. Rosa les sonrió aliviada. Por lo menos sería agradable una cena con Doreen.

—Así que, ¿qué te parece? ¿No te parece divino Andy?

A Doreen y a Rosa le sobró tiempo para platicar. Los hombres pasaron la velada discutiendo asuntos del trabajo, y dejaron a las mujeres abandonadas para entretenerse solas. Doreen no parecía notar nada fuera de lo común, pero a Rosa le pareció bastante mala educación.

—Realmente no lo conozco —contestó Rosa, de la manera más sincera posible.

—Él ya le dijo a Doug que quiere volver a salir contigo. Le caes muy bien.

Rosa apenas pudo reprimir el deseo de poner los ojos en blanco.

—Pues por lo menos me agrada que tú y yo hayamos tenido oportunidad de cenar juntos. Y la comida fue muy, muy sabrosa.

—Sabes —continuó Doreen—, este fin de semana, Andy y Doug pensaban en ir al lago; nos encantaría que nos acompañaras. ¿Por qué no preguntas al amo de llaves a ver si se queda con los niños? Imagínate cómo nos divertiríamos. Andy tiene una lancha y dos jet skis.

Para la forma de pensar de Doreen, eso bastaba, pero ella no tenía dos niños chiquitos que se morirían de la tristeza si su mamá se iba a un lago sin ellos. Rosa nada más negó la cabeza. Ella y Doreen vivían en mundos distintos.

—Doreen, yo simplemente no puedo dejar a los

niños durante todo un fin de semana para ir al lago —dijo Rosa riéndose. Era absurda la idea.

—Pero ésta podría ser una gran oportunidad para ti, Rosa. Andy puede ser esa persona que tanto has buscado.

—No, no lo es, Doreen. Y definitivamente no lo es si tengo que dejar a mis hijos. Además —agregó Rosa con un suspiro, ya harta del tema—, realmente no ando en busca de ninguna relación.

Al terminar la velada, Rosa estaba más que ansiosa para retirarse. Andy, después de no haberle dirigido más de doce palabras durante toda la noche, y mientras se despedía de Doug y de Doreen, trataba de entrelazar los dedos con los de Rosa, y frotaba la palma de su mano con el dedo pulgar.

¡Fuchi! Rosa casi lo dijo en voz alta. Después de despedirse de Doreen con un abrazo, se cuidó de mantenerse fuera del alcance de Andy.

Su manera tan solícita de abrirle las puertas y su roce ligero en su codo para guiarla ya la molestaba de sobremanera, y Rosa ya estaba escéptica al pensar en la ida a su casa con el aire despeinándola y en cómo sufrirían sus oídos por la música escandalosa. Lo único que quería ella era llegar a casa. Su subconsciente agregó: *a Brian.* Brian era amable con sus hijos y platicaba con ella. Además tenía un coche digno de un adulto, agregó Rosa al doblarse para caber en el Corvette de Andy.

La verdad es que ya estaba enamorándose, y lo reconoció.

La expresión de la cara de Brian cuando ella había salido en su vestido de seda había sido el sueño dorado de cualquier mujer. Rosa hasta llegó a pensar, durante un brevísimo momento, que la iba a besar. Se habían encontrado sus miradas, y ella había sostenido el aire, y todo su ser parecía esperar aquel beso. Había deseado que la besara; lo había deseado mucho, desesperadamente. Luego había sonado el timbre para anunciar la llegada de Andy, y Brian se había alejado.

Aunque reconociera que era egoísmo de su parte, cuando Rosa había visto algo que le había parecido como celos en la mirada de Brian, la había hecho sentirse maravillosa—por un breve momento. Sin embargo, conforme pasaban las horas, sus posibles celos ya no le parecían tan maravillosos. Rosa no había sido jamás la clase de mujer que jugaría con los sentimientos de un hombre, y Brian era la última persona en el mundo entero que quería lastimar. Además, no había absolutamente nada de qué sentirse celoso; la dichosa salida de Rosa había resultado aún peor de cómo había esperado. Ahora, lo único que quería hacer era correr al interior de la casa para ver si estaba equivocada respecto al momento que habían compartido en la cocina. Tenía ganas de decirle a Brian que la cena con Andy había resultado horrible, y que lo único que había deseado toda la noche era estar en la casa, con él.

Por supuesto que no podría hacer eso. Brian era su empleado y aún les faltaban seis semanas. Además, ¿qué pasaría si estaba equivocada, y si él no sentía más que mera amistad por ella? Rosa habría hecho el ridículo, una vez más. Y peor aun, Brian podría optar por buscar otro trabajo. Rosa no soportaba la idea de que Roberto y Alex perdieran al amigo que habían encontrado en Brian, simplemente porque ella no podía dejar de pensar en él.

La música de rock retumbaba del Corvette de

Andy, la cual impedía la posibilidad de conversar durante el regreso a la entrada de la casa de Rosa. Rosa bendijo el silencio al llegar a su verja, cuando Andy bajó el volumen.

—Nada más oprime el botón a la izquierda de la bocina —le dijo Rosa cuando Andy no lo hizo de inmediato.

En lugar de eso, él apagó el motor.

El Corvette era extremadamente pequeño, y cuando Andy volteó en su asiento para encararse a ella, los separaban sólo unos cuantos centímetros. Rosa empezó a pensar seriamente en bajarse del coche.

—Me la pasé maravillosamente bien esta noche, Rosa. Me agradó mucho estar contigo.

Rosa había esperado todo lo que pudo. Ya era hora de ser brusca.

—No me has dirigido ni una docena de palabras durante toda la noche —dijo.

Andy parecía estar verdaderamente confundido al escuchar sus palabras.

—Pero es que estabas platicando con Doreen. Parecías estar pasándola bien.

Rosa le echó una mirada incrédula al verlo tan serio. Si no comprendía siquiera lo que le decía, Rosa no iba a perder ni un minuto más en explicárselo.

Rosa miró a su reloj.

—Gracias por la cena, Andy, pero si no te importa, ya tengo que irme a la casa.

—Relájate, que tienes ahí a tu niñero.

Él se inclinó hacia adelante, y Rosa supo que iba a tratar de besarla. Ya era suficiente. Rosa abrió su portezuela y se desdobló para bajarse del coche.

—Tengo que llegar a mi casa, ahora mismo —dijo ella con la protección de la portezuela como escudo entre ellos. No esperó para escuchar su respuesta. Al darse la vuelta a la verja y al cacto cholla que crecía a un lado de la verja, Rosa miró la subida ante ella. No obstante que el camino estaba empinado en un ángulo de setenta grados y ella traía sandalias resbalosas, la escalada era mil veces mejor que la alternativa.

Había caminado menos de doce pasos cuando escuchó que el motor arrancaba, y cuando se encendieron los faros, se iluminó su silueta contra la oscuridad de la montaña. Rosa se tapó los ojos con la mano y observó mientras Andy salía en reversa por su camino de entrada. Al llegar al camino de tierra, el carro se alejó a toda prisa, y levantó tierra y grava al pasar. Todavía alcanzaba oír cómo retumbaba Mick Jagger cuando viró sobre Skyline Drive.

Hacía años que no había subido a pie por este camino. Precisamente un poco menos de dos años. Recordó que había tenido que caminarlo con los niños cuando el arroyo se había desbordado en la parte de abajo, y el agua había sido demasiado profunda para que su Taurus pudiera pasar. Esa vez, había cargado a Alex, que entonces contaba con escasos cuatro años, y había tenido que tirar de la mano de Roberto para llevarlo con ella. Por lo menos esta vez sería más fácil.

Rosa se quitó las sandalias, y empezó a subir, pero de verdad no le molestó. La expresión de asombro en la cara de Andy cuando ella se bajó del coche la mantendría muerta de la risa durante un buen rato, e iba a gozar el gusto de platicarle la historia a Brian. Se había notado que Andy no le había caído muy bien; le alegraría la vida escuchar la clase de imbécil que había sido su acompañante. O por lo menos eso esperaba.

A pesar de reconocer que Brian estaba fuera de su alcance, por lo menos durante el resto del verano, Rosa no podía dejar de pensar en él. Deseaba estar con él, y quería confiarle sus secretos, y quería despertarse a su lado en la mañana. Quería tantas cosas. Rosa se estremeció. No había pensado en el sexo durante tanto tiempo que estaba asombrada de que todavía existiera en ella algún deseo. Pero definitivamente existía. Había regresado con toda su fuerza en el momento en que Brian Torres había tocado a su puerta.

Quizás debería simplemente lanzarse con él, pensó Rosa sonriéndose. O pedirle que se quedara para gozar del jacuzzi y olvidarse del traje de baño. Pensó durante un brevísimo momento en cuál sería su reacción.

Y luego, inesperadamente, le llegó de nuevo la imagen de Brian al decir: "gracias, pero no gracias", seguido por la molestia de tener que buscar a otro niñero. Verdaderamente, la desilusión de Rosa de que el primer hombre que le había gustado durante milenios estuviera prohibido para ella era un trago muy amargo, pero el tener que explicarles a Roberto y a Alex por qué no regresaría Brian y luego tener que llevarlos a la guardería de la YMCA el resto del verano sería peor.

Ella y Brian podían seguir como amigos, y eso la consolaba a Rosa. No había razón alguna para que no pudiera invitarle a quedarse un rato a tomar una botella de vino. Todos los niños estarían dormidos, y sería una buena oportunidad para platicar. Ella le podía contar lo de su salida con el diablo.

Cuando por fin llegó al final del camino de la entrada, estaba respirando sofocadamente, su corazón latía fuertemente, y estaba resuelta a volver a sus clases de aeróbica. Tuvo que apoyarse en contra del poste de la luz por un momento antes de continuar su caminata a la casa. No recordó que Brian había invitado a un amigo hasta que vio el segundo coche en la entrada. Bueno, quizás pudiera convencer a Brian de que se quedara unos momentos después de que se fuera el hombre. Aunque él había estado acompañado durante toda la noche, Rosa todavía tenía ganas de platicar un rato.

Se abrió la puerta principal justo cuando Rosa metía su llave.

—¡Bu! —Brian saltó y Rosa se rió. Aunque no lo hubiera planeado así, el momento había sido el idóneo.

—Dios, Rosa, me asustó —la mirada de Brian la recorrió, sus ojos entrecerrándose al descansar detenidamente en las sandalias que Rosa ahora traía en la mano, y miró severamente su cabello.

Rosa se dio cuenta de que su cabello seguramente estaba despeinada por todos lados después de su paseo en el túnel aerodinámico. Podía palpar la censura en la mirada de Brian, aun cuando levantó la mano inútilmente para alisarlo.

—¿Adónde se fue su acompañante? —dijo la palabra con un tono sarcástico.

Bajo la mirada cáustica de Brian, se le desvanecieron rápidamente las ganas de compartir su odisea con él. No había razón alguna para humillarse aun más ante él.

—Andy se fue —Rosa apenas pudo pronunciar las palabras. Se sentía sumamente incómoda. Ese sentimiento se convirtió en una náusea profunda al ver a la "amiga" de Brian que lo siguió por la puerta.

—Hola, soy Débora —su sonrisa era alegre, y Rosa no pudo más que estrecharle la mano que extendía—. Usted debe de ser Rosa. Es un gusto conocerla por fin; pues me han contado tantas cosas tan bonitas de usted.

—¿Sí? —¿cómo contestaba ante eso?

—Sí, Brian llega a casa con unas historias tan maravillosas de usted y de los niños. Muchísimas gracias por permitirme venir y por dejarme usar el jacuzzi, se lo agradezco mucho. Brian me había contado de su casa tan fabulosa, pero de verdad no le había creído. Sus hijos, Alex y Roberto, son fabulosos también. Usted debe de sentirse muy orgullosa de ellos.

Rosa se plantó la sonrisa cordial que la mujer esperaba, pero por dentro se moría. Las palabras *"Brian llega a casa..."* le decían todo lo que quería saber. De hecho, el que Brian viviera con una novia, no era asunto que le incumbiera. Con mayor asombro se dio cuenta de que esta mujer podía ser hasta su esposa; pero concluyó que Brian por lo menos podía habérsela mencionado. Especialmente cuando él sabía toda la historia de la vida de Rosa.

—Aguas, que vamos a pasar —con Graciela en sus brazos, Brian abrió un poco más la puerta y abrió camino entre las dos mujeres en la pequeña entrada—. Vámonos —le dijo a Débora—. Necesito llevar a mi bella durmiente a su propia camita.

—De acuerdo, ahí voy —al enfocar de nuevo su atención en Rosa, Débora le dio las gracias de nuevo por el uso de su casa—. Me supongo que debo irme. Él necesitará a alguien para abrir la puerta principal de su casa si quiere lograr meter a Graciela sin despertarla. Ha sido un placer conocerla, Rosa.

Rosa observó mientras metieron a Graciela a su silla en el Wrangler de Brian. Entonces Débora se subió a su Toyota, y arrancó el motor.

Con una sonrisa meneó la mano en dirección a Rosa, y Débora se echó en reversa para luego seguir a Brian por el camino de la entrada. Rosa entró a la casa y cerró la puerta. Cerró las tres cerraduras, y luego empujó el botón para abrir la verja—pues la pareja feliz tenía que llegar a casa.

Descorchando una botella de vino, Rosa se quedó levantada para tomarse dos copas antes de ir a acostarse. Por esta razón, precisamente, había permanecido soltera durante los últimos cinco años, desde que la había abandonado su marido. Ya se le brotaban las lágrimas.

CAPÍTULO CINCO

La mañana del lunes fue terrible.

Brian estaba ahí y ya estaba preparando el desayuno cuando Rosa entró. Ella ya estaba lista para salir al trabajo, vestida con saco y zapatos de tacón alto. Ese simple hecho debería haberle indicado a él lo que sucedía. Sin palabra alguna, ella juntó sus bolsas y besó a los niños que ya estaban sentados a la mesa.

No dirigió ni una sola palabra a Brian.

Precisamente a las siete y media, él escuchó que se abría la puerta principal y luego se cerró con un golpe. Aunque Graciela no se diera cuenta, los niños intuían que algo andaba mal y siguieron a Brian con sus miradas curiosas mientras se llevaban pan francés a la boca. Brian permaneció callado, y ellos también. Al terminar el desayuno, todos los niños salieron al jardín para esperar la hora de ir a su equipo de natación, y dejaron solo a Brian en el silencio de la gran casa vacía. Iba a ser una mañana muy larga.

Durante la tarde tampoco mejoraron las cosas. Rosa apenas pronunció dos palabras entre la hora de su llegada y la hora en que Brian organizó sus cosas para llevar a Graciela a casa. Tácticamente, ninguno de los dos adultos mencionó que Brian y Graciela se quedaran a cenar.

Para la hora en que Brian se iba a retirar a su casa, estaba a punto de disculparse por su retirada tan brusca el viernes, y de decirle la verdad a Rosa respecto a Débora. A punto de decirle. Y luego recordó cómo venía tan despeinada, con lodo en los pies, y las sandalias que llevaba en la mano al regresar a su casa después de su cita, y sus celos y su ira lo acallaron.

Caramba, la mujer tenía que haberse acostado con ese desgraciado de Andy Cavernícola para llegar a casa en esas fachas. Por lo menos se habían acercado. Lo repugnó y lo deprimió y una parte de Brian quería permanecerse alejada de Rosa. Pero otra parte, una parte que se hacía más fuerte día tras día, quería abrazarla y con sus besos borrar de su memoria el recuerdo de cualquier otro hombre aparte de él.

Pero hoy no, pensó Brian al suspirar cuando salió de la entrada. Hoy Rosa ni siquiera le había dirigido la palabra.

—De verdad no es necesario que me prepare mi comida.

Brian se quedó pasmado, pero trató de continuar de manera natural.

—Mire. Usted me contrató para atenderlos a usted y a los niños durante el verano...

—A los niños, señor Torres. Le contraté para atender a los niños. Yo soy perfectamente capaz de ver por mí misma.

—¿Así que ya soy el "señor Torres" otra vez? —Brian hizo un ademán para que Rosa no le respondiera—. Usted siempre se preocupa por los demás, y nunca se preocupa por sí misma. Apenas toma un café en el desayuno, apenas come a mediodía, y come algo que detesta a la hora de cenar por darles gusto a Roberto y a Alex.

Brian se detuvo para apoyarse pesadamente contra la barra, y apretó las dos orillas de la barra con las manos.

—Esta conversación es ridícula, Rosa. Simplemente acepte la condenada comida.

Rosa debe de haber accedido, porque de repente levantó la comida, al mismo tiempo que su portafolios y sus llaves. Su mirada voló al reloj y Brian siguió su mirada. Eran las siete y media.

—¡Beto, Alex, Graciela, vengan a despedirse de mi! —la voz de Rosa clamó igual como todas las mañanas, y le agradó a Brian saber que Rosa no se desquitaba con Graciela por los disgustos entre ellos dos. Admiraba eso en ella. La verdad era que admiraba demasiadas cosas en ella. Pensaba constantemente en ella. El problema era que no sabía qué hacer respecto a ella.

Rosa ya estaba afuera cuando Brian recordó el recado. Dejando caer de golpe una plancha para cortar, Brian corrió hacia afuera para alcanzarla, al mismo tiempo que prefería no alcanzarla porque deploraba de dónde venía el recado.

—A propósito, le llamó su novio esta mañana —le costó trabajo a Brian pronunciar las palabras sin sarcasmo.

—¿Mi novio? —era obvio que Rosa estaba confundida—. ¿De qué habla usted?

—Ya sabe, Pedro Picapiedra. Llamó esta mañana cuando usted estaba bañándose.

—Pedro... —Rosa sonrió por el apodo, pero Brian no. En lugar de ponerle un apodo, habría preferido reorganizarle las facciones.

—Andy Stone definitivamente no es mi novio. Para nada.

—¿Sí? —Brian trató de suavizar al tono retador que le había invadido la voz, pero la idea de Rosa con ese imbécil le hacía perder los estribos—. Realmente que parecía serlo —dijo Brian. Luego meneó la cabeza, recordándose que no le tenía que importar porque sólo era empleado de Rosa—. En fin, su amado Andy me pidió que le dijera que pasará por usted el viernes a las ocho de la noche. Y yo no me quedo a cuidar a los niños —agregó Brian, sin poder resistir la tentación.

—No le pedí que cuidara a los niños —dijo Rosa—. Además, yo no volvería a salir con ese imbécil ni aunque me pagara, pues la última vez fue más que suficiente. No puedo creer que llamaría para informarme simplemente que pasará por mí. Pero ahora que lo pienso, sí que lo creo —se corrigió Rosa—. Pero es que pensé que bajarme del coche y caminar solita por el camino de la entrada le habría dado la idea que no tengo intención alguna de volver a verlo en mi vida. Tiene que ser aun más estúpido de lo que había yo pensado.

—Entonces, ¿fue un desastre su cita? —Brian levantó la mirada lleno de esperanza. *Imbécil. Terrible.* Las meras palabras servían de pomada para curar las heridas abiertas en el orgullo de Brian.

—Peor que desastre —respondió Rosa, al tirar su portafolios sobre el asiento trasero del coche—.

Dios me libre de los hombres que actúan como si tuvieran dieciocho años. Manejaba ese coche de carreras como maniático; se negaba rotundamente a cerrar el descapotable y tampoco bajaba el volumen de la radio. Y luego, cuando llegamos al pie de la colina, se estacionó ahí como si fuéramos adolescentes que llegaban a la casa a escondidas, y no pude convencerlo de que me trajera hasta la puerta. Creo que pensó que iba a besarlo.

Finalmente Rosa suspiró y se deslizó detrás del volante de su Taurus.

—Yo sabía que había una buena razón por la que ya no quería volver a salir con nadie. Ahora recuerdo por qué; la última vez que salí así, todos los muchachos tenían los mismos dieciocho años que yo tenía. Y quiero disculparme contigo también, Brian, porque sé que te he tratado muy mal. Realmente no tengo excusa alguna, pues ha sido una semana terrible. Por favor acepta mis disculpas porque quisiera que volviéramos a ser los amigos que fuimos —la voz de Rosa estaba llena de esperanza—. Necesito contar contigo como un amigo. No te importa si nos tuteamos, ¿verdad?

Brian le apretó la mano y se agachó para meter la cabeza por la ventanilla del coche para besarla en la frente. Le dijo que se portara bien, y que pasara un buen día. Al recibir el mismo trato que Brian daba a su hija, Rosa le sonrió, y siguió su camino con una sonrisa.

Brian también estaba sonriente.

—No sólo como amigos, Rosa —dijo al coche que desaparecía—. Nunca jamás volveremos a ser simplemente amigos.

Brian estaba silbando al regresar a la casa para organizar a los niños y ponerlos a buscar sus trajes de baño y toallas para ir a su entrenamiento con el equipo de natación. Ya tocaba la hora de enseñarle a Rosa Osario lo divertido que podía ser eso de ser más que amigos.

—Creo que debo decirte que Débora no es mi...bueno, que Débora es sólo una vecina que conozco desde hace mucho tiempo.

Rosa se volteó al escuchar su voz. Él la ayudaba a lavar los trastes de la cena, pero no era igual como antes; ya no existía nada de la camaradería tan natural que habían tenido antes.

—No me acuerdo habértelo preguntado —respondió Rosa, cuidándose de no mirarlo directamente.

—De todos modos quise que lo supieras. Débora fue amiga de Olivia, mi difunta esposa.

Su voz bajaba al hablar de su esposa, y Rosa pudo palpar la angustia que sentía por la muerte de su esposa. También escuchó la verdad.

—Bueno —esa sola palabra mostró su asombro. Brian le echó su sonrisa más sensual.

—Sí, *bueno*. La verdad es que Débora vive al lado de mi casa y me ha apoyado durante todos los momentos más difíciles. Pero cuando nos conocimos yo era el marido de su mejor amiga, y seguimos con esa misma relación —explicó Brian. Después de un momento agregó—: Hay una cosa que te agradará mucho en Débora.

Cuando Rosa no se cayó en la trampa tendida y siguió sin preguntar qué, Brian le dijo de todos modos.

—Ella nos va a cuidar a los niños para que yo pueda invitarte a salir conmigo.

—¿De veras? —la voz de Rosa casi rechinó de la emoción. Pero luego volvió a la realidad—. Brian, no creo que sea muy buena idea, por lo menos hasta que acabe el verano y los niños...

—Para nada, Rosa. No voy a quedarme con los brazos cruzados durante las próximas cinco semanas observándote mientras sales con tipos que tienen edad para ser tu padre, como el viejo Arturo Cara de Piedra.

—Andy Stone —le corrigió automáticamente Rosa—. Brian, yo jamás salgo con nadie, de verdad. No es como si tuvieras de qué preocuparte. Si todavía te quedan ganas de invitarme a salir contigo al terminar el verano, me encantaría salir contigo. *Mataría por salir contigo, rogaría salir contigo,* agregó en silencio Rosa.

Brian la miró incrédulo.

—No puedes decir que no te invitan a salir miles de hombres constantemente. Te apuesto que no puedes ni caminar por el pasillo en el trabajo sin que te rueguen que salgas con ellos.

En qué concepto más agradable me tiene, pensó Rosa, y luego se lo dijo. La respuesta de Brian fue inclinarse hacia ella y besarla fuertemente en los labios, como si fuera la acción más natural del mundo. Entonces levantó sus cosas y lanzó un grito por el pasillo para llamar a su hijita.

A la hora que sonó el despertador de Rosa el viernes tres de julio, ya estaba rendida de cansancio. Alex la había despertado a la medianoche quejándose del dolor de cabeza y de la garganta, y ella había pasado el resto de la noche atendiéndolo. El niño finalmente se había vuelto a dormir al amanecer, y dos horas más tarde cuando Brian llegó a las siete, Rosa estaba segura de que se veía tan mal como se sentía. Las primeras palabras de Brian se lo confirmaron.

—Te ves horrible —él, como siempre, se veía maravillosamente bien.

—Muchas gracias —murmuró Rosa, y extendió la mano para prepararse un café instantáneo. Necesitaba de un poco de cafeína más rápidamente hoy—. Alex está enfermo. Le di una dosis de aspirina alrededor de las cinco de la mañana, que parece que no ha vomitado, y por fin se quedó dormido de nuevo.

—¿Entonces no has dormido en toda la noche? —se notó claramente la preocupación de Brian. Cuando puso las manos sobre los hombros de Rosa y sobó su cuello, Rosa se moría de ganas de apoyarse contra él y fundirse en su calor. Hacía mucho tiempo que no disfrutaba de una caricia tan comprensiva; ella siempre había tenido que ser la fuerte—. ¿Por qué no tomas el día libre para dormir un poco?

—Me gustaría hacerlo, pero realmente no puedo —dijo Rosa mientras bostezaba—. Tengo una junta a las diez de la mañana a la que no puedo faltar, y otra a las once. Tendré que depender del café para mantenerme despierta —bostezó de nuevo—. Vocéame o llámame si Alex se siente peor y le concertaré una cita con el médico.

—Haré un consomé y hay bastante jugo —le afirmó Brian—. No te preocupes, que yo me encargo de cuidar a Alex hoy. Tú nada más preocúpate de manejar con precaución al trabajo y trata de mantenerte despierta.

La directiva de mantenerse despierta fue la más difícil de cumplir. Rosa entrecerró los ojos para protegerse de la luz del sol mañanero que brillaba por su parabrisas, y sacó sus gafas más oscuras del sol de la guantera. Una vez que había protegido sus ojos con la oscuridad de los lentes, podía ver un poco mejor, y le costó menos trabajo mantener los ojos abiertos, pero hasta ahí llegaron sus esfuerzos. Rosa se preguntaba si todos la verían como una loca si llevaba puestos los lentes al trabajo.

Logró mantenerse despierta durante su junta de las diez y durante su junta de las once, y cuando empezaba a pensar en irse a descansar durante el resto del día, sonó su localizador. *¡Caray!* Mañana era el cuatro de julio, y el comienzo de un puente largo de fin de semana. Al marcar el número de su casa, Rosa sabía que sería muy difícil sacar una cita con el médico para que viera a Alex esta tarde.

—¿Brian?

—Sí —su respuesta fue tersa. Rosa frunció el entrecejo en dirección al teléfono.

—Yo llamaré al doctor y...

Brian la interrumpió.

—Voy a llevar a Alex a la sala de urgencias pediátricas. Necesitas alcanzarnos ahí. ¿Qué tipo de seguro tienes?

—Socios —contestó Rosa automáticamente, y se le aceleró el pulso—. ¿Está Alex mucho más enfermo?

—Tiene mucha calentura, y le cuesta trabajo respirar. Estoy saliendo en este momento, Rosa. Alcánzanos en el hospital Northside.

La manera en que él colgó el teléfono de golpe la asustó aun más que las palabras de Brian; no era el tipo de hombre que se alarmaba fácilmente. Rosa agarró su portafolios, apagó su computadora, y salió por la puerta de su oficina sin decir nada a nadie, las lágrimas brotándole de los ojos por la tensión. Le tomaría por lo menos treinta minutos llegar al hospital Northside, y más si hacía caso a las leyes de tránsito. Rosa se consoló con saber que Brian llegaría mucho más rápido que ella.

Rosa metió su coche al estacionamiento y estacionó su coche al lado del Jeep de Brian. Ella probablemente entraría a encontrarse con el problema resuelto con una simple inyección de penicilina o algo igual. Pero en la sala de urgencias pediátricas, Rosa recibió la noticia de que habían enviado a Alex a la sala de emergencia general. Fue más que suficiente. Rosa se echó a correr.

Durante sus ocho años al cuidado de sus hijos, jamás había conocido una enfermedad infantil que no pudiera ser atendida en la sala de urgencias pediátricas. Las infecciones del oído, amigdalitis, torceduras, golpes y hasta las suturas se atendían en esa sala de manera rutinaria. Si Alex estaba demasiado enfermo para que pudieran atenderlo ellos...

—¡Rosa! —Brian estaba ahí, parado a un lado del escritorio de seguros en la entrada de la sala de emergencia. Al verlo, Rosa corrió a sus brazos. Fue la cosa más natural del mundo.

—¿Dónde está Alex? —Rosa se limpió los ojos. Brian siguió abrazándola, y Rosa no hizo ningún esfuerzo para zafarse de sus brazos. Estaba agradecida de tenerlo cerca.

—Está mejor ahora. Está ahí adentro, tomando un tratamiento respiratorio. Fue un crup.

Rosa cerró los ojos.

—Gracias, Brian. Muchísimas gracias por cuidarlo, por estar ahí.

Al pensar en cómo habría reaccionado una niñera de dieciocho años sin experiencia al encontrarse con la misma emergencia, el terror se apoderó de Rosa. Al acurrucar la cara contra el pecho de Brian, ella supo entonces que probablemente él había salvado la vida de su hijo. A este hombre le debía tanto que jamás se lo podría pagar.

Y luego se dio cuenta de que se había tirado a los brazos de Brian una vez más. Le debía lo suficiente como para no forzársele a él. Rígidamente, se soltó del consuelo de sus brazos, repentinamente consciente de lo atrevida que tenía que parecerle a Brian.

Brian la miró de manera extraña y Rosa desvió la mirada, sin poder juntar su mirada con la de Brian. Sus próximas palabras los volvieron a la normalidad.

—Rosa, les dije a las damas en la sala de admisión que soy el padre de Alex...y tu marido. No podían empezar a tratarlo sin una firma de autorización, y Alex necesitaba ser atendido de inmediato. Así que no te soprendas si se refieren a mi como el señor Osario. Sin embargo, podría ser aconsejable que firmaras las hojas del seguro tú misma para que sea una firma legal.

Brian la observó mientras Rosa empujaba las grandes puertas metálicas de la sala de curación. Luego volvió a la sala de espera, donde Roberto estaba cuidando a Graciela.

Cuando Rosa había corrido a sus brazos, le había parecido tan natural y tan cómodo sentirla ahí. Todo su nerviosismo por querer estar cerca de ella desapareció en el mismo momento en el que ella lo abrazó. Después se había separado de él bruscamente, y volvió a su papel de "madre con un empleado". O quizá hubiera sido el papel de la "madre con un amigo". definitivamente no la "mujer en busca de un amigo y amante" que tanto deseaba ver Brian en ella.

A veces, Brian estaba seguro de que Rosa se sentía tan sola como él, y que ella se sentía tan atraída por él como él por ella, y que ella sentía, al igual que él, que los dos podrían buscar una nueva vida juntos. Y a veces, como hoy, de repente aparecerían de nuevo las barreras y quedaría al descubierto sólo la profesionista y la madre; y su esencia de mujer desaparecía por completo.

Pero esa esencia de mujer seguía ahí, de eso estaba seguro Brian. Y él la deseaba.

El día siguiente fue el 4 de julio, y tenían planes para pasarlo juntos. Brian había pensado en ese día durante varias semanas. La única pregunta que pasaba por su mente había sido si debería perseguir al tesoro que deseaba, y además se preguntaba si ese tesoro quería ser perseguido. Después de hoy pensó que la respuesta a las dos preguntas era un sí rotundo. Lo que sucedía era que Rosa estaba demasiado acostumbrada a poner esas barreras, y ya era experta en eso. Brian esperaba poder llegar a ser él quien las rompiera de una vez por todas.

Mientras caminaba en dirección a la sala de espera, Brian estaba sonriéndose al sacar un puño de monedas que seguramente pedirían los niños. Ganaría esta batalla silenciosa con Rosa. Siempre le habían gustado los retos.

Tras salir finalmente de la sala de emergencia, llegaron ya muy tarde a la casa. Brian llevó a Alex a su cama cargándolo en sus brazos, mientras Rosa pidió una pizza a domicilio para luego desplomarse en el sofá, demasiado cansada para dar un solo paso más. Se hundió en los cojines de piel que de alguna manera habían sobrevivido a sus dos hijos, y cerró los ojos para gozar del sonido de la voz de Brian en la cocina mientras les daba de comer a Graciela y a Roberto.

—¿Rosa?

Ella abrió los ojos y le sonrió. Era perfecto, pensó ella, al aceptar gustosamente la copa de vino. Después de servirse también una copa, Brian colocó la botella sobre la mesa a su alcance, y también se hundió en el sofá de piel, tan cerca de ella que sus cuerpos se tocaban desde los hombros hasta los muslos. Una descarga de electricidad recorrió todo el cuerpo de Rosa y ésta se enderezó. Dc repente no se sintió tan cansada.

—Relájate.

Brian le frotó los músculos del cuello, y luego la abrazó por los hombros, atrayéndola hacia él. Rosa se dejó atraer, contenta de dejarse llevar por sus sentimientos. Cuando Brian se inclinó para besarle el cabello, Rosa volteó la cabeza para captar con sus labios su boca. Deseaba un beso como una flor desea el calor del sol y no puede vivir sin él. Estaba bien. Rosa estaba segura de que era su destino.

Fue sólo un roce, una prueba, y limitado por la plática de los niños en el cuarto de al lado, pero fue suficiente para Rosa. Con un suspiro de alegría, apoyó la espalda en el pecho de Brian y sintió la fuerza de sus brazos rodeándola. Durmió hasta que llegó la pizza.

Los niños comieron, Roberto se fue a acostar, y Graciela ya chillaba de ganas de irse a casa. Tras organizar sus cosas y cuando llevaba a su hija al coche, Rosa los acompañó para despedirse de ellos. Justo afuera de la puerta principal, en el lugar donde la luz no alcanzaba a iluminar.

Él la sostuvo con una mano en cada hombro y con su cuerpo delante de ella obstruyó su camino, y Rosa quedó atrapada contra la frescura de los ladrillos. Pero más y más, Rosa se daba cuenta de que no quería escaparse de él.

—¿Qué tal el viernes, entonces, para nuestra primera cita formal?

Brian se acercó a ella, y al empujar su peso a Rosa contra la pared, su cuerpo se fundió con el suyo. Ella no pudo ni pensar.

—¿Cómo?

Él estaba mordisqueando su cuello. Rosa sabía que no debía permitírselo, pero se consolaba al pensar que era demasiado grande para que lo pudiera apartar a empujones.

—Pasaré por ti a las siete. Y te traeré a la niñera —dijo Brian con una sonrisa maliciosa—. Sin embargo, no tengo intención *alguna* de traerte a casa a las nueve y media.

Entonces, después de un largo y cálido beso,

Brian desapareció, deteniéndose una sola vez para agitar la mano en son de despedida antes de sacar su Wrangler por el camino de la entrada.

La abuela de Rosa siempre había dicho que uno se quemaba al jugar con el fuego. Parecía ser cierto; definitivamente se aplicaba a esta situación. Brian Torres era puro fuego. No cabía duda de que él era lo más sensual que el destino le había puesto a ella en el camino. Pero Rosa era incapaz de alejarse de él. Aunque significara para ella que tarde o temprano llegara a quemarse, su corazón ya había decidido a quién pertenecía. Y su mente no podía convencer a su corazón de lo contrario.

CAPÍTULO SEIS

El 4 de julio iba a ser un día maravilloso. Incluso, Rosa había comprado un nuevo traje de baño —de una sola pieza, por supuesto— que pensaba que no le quedaba tan mal. Brian, Graciela, Débora y su hijo iban a pasar el día en su casa. En la noche podrían sentarse en el patio elevado, o en el jacuzzi y de allí disfrutarse de los fuegos pirotécnicos que serían lanzados al cielo encima de la ciudad. Todos los centros turísticos tenían exhibiciones de fuegos pirotécnicos. Desde su casa, había una vista fantástica de todo.

Sin embargo, al despertarse Rosa la mañana del cuatro, estaba demasiado enferma para moverse siquiera. Le dolía la cabeza y el pecho también al respirar. Fue un gran esfuerzo apagar el despertador. Rosa hizo un esfuerzo para levantarse, pero apenas había logrado llegar al sofá, todavía de bata, cuando sus invitados tocaron a la puerta. Los podía ver a través de la gran ventana. Todos ellos estaban demasiado alegres.

—Roberto, contesta la puerta —dijo Rosa con voz ronca. Inclinó la cabeza para apoyarla contra el sofá y trató de enderezarse para que no se le notara que tenía un pie en la tumba. No lo logró muy bien.

—Te ves horrible —fue la quinta vez que lo decía Débora en el mismo número de minutos y cada vez que lo decía, Rosa se sentía peor.

—Estoy bien, pero tengo un poco de frío —confesó, al tratar de ser valiente al mismo tiempo que estaba a punto de llorar—. Dame unos cuantos minutos para vestirme, y estaré con ustedes.

—Rosa —la alcanzó Brian en el pasillo—. ¿Ya desayunaron los niños?

—No sé —dijo, y se dio cuenta de que apenas había pensado en los demás esta mañana—. Creo que Alex sigue en cama. Estuvo levantado toda la noche.

—Así que tampoco dormiste en toda la noche. Está bien. Yo iré a ver cómo sigue Alex, y regrésate tú a la cama.

Rosa trató de explicarle que tenía invitados y que estaba perfectamente bien, pero cuando tuvo que apoyarse contra la pared para evitar caerse, Brian dejó de hacerle caso y la impulsó a la puerta de su habitación.

—Vuelve a dormir, Rosa. Creo que necesitas unas cuantas horas más de sueño. Yo me encargaré de Alex y atenderé a los invitados a tu fiesta del 4 de julio. Para cuando vuelves a despertarte, te tendré algo preparado para comer.

En otras palabras, pensó ella, *él se encargaría de todo.*

—Eres mi héroe —le dijo mientras regresaba a su cama.

—Qué bueno —dijo él con voz muy baja, pero ella lo alcanzó a oír justo cuando estaba acomodándose de nuevo en su cama. Luego Brian cerró su puerta, y ella se durmió.

Al despertarse de nuevo, había un Seven-Up y una botella de aspirinas al lado de su cama. Rosa sabía que se sentía mejor, porque en lo primero que pensó fue en que Brian la había visto en su vieja bata percudida, y que ni siquiera se había peinado ni se había lavado la cara desde el día anterior. Rosa tomó dos aspirinas y un poco del refresco. Luego se levantó para ocuparse de cosas más importantes. Moviéndose lentamente, Rosa se metió en su baño y cerró la puerta. Si Brian la iba a ver de pijama, entonces ella prefería que la viera como la Bella Durmiente y no como la vieja bruja con la rueca.

En la noche, Rosa se sintió un poco mejor. El calor se desvaneció al mismo tiempo que el sol a la hora del ocaso, y ella salió al patio en donde se juntaban todos para ver los fuegos pirotécnicos.

Brian había preparado las hamburguesas como se lo había sugerido Rosa, pero en lugar de servir papitas como lo habría hecho ella, él había preparado una ensalada de papas y elotes. Para Rosa y Alex, Brian también había preparado un consomé de pollo.

Cuando Rosa protestó ante tantas atenciones, Brian dijo que su abuela había sido criada en una granja y había preparado el consomé para curar todo tipo de enfermedades desde los gripes hasta los brazos fracturados. Dijo que lo tenía en la sangre; si alguien estaba enfermo, él automáticamente preparaba el consomé de pollo porque no lo podía evitar.

Todos se sentaron en el crepúsculo pasándola bien entre plática y risas, y luego Graciela los hizo observarla mientras les demostraba todo lo que había aprendido de la natación. Logró nadar menos de un metro antes de hundirse al fondo, así que

Brian tuvo que tirarse al agua con todo y su pantalón de mezclilla para sacarla.

Rosa se fijó muy bien cuando Brian salió de la piscina en que ese pantalón de mezclilla mojada se le veía muy bien. Entonces sus miradas se encontraron y Rosa supo que Brian se había dado cuenta de que ella lo había estado mirando detenidamente. Rosa respiró profundamente, y desvió la mirada. Era una vista demasiado abrumadora para su limitada capacidad de resistencia, y se sintió rendida de cansancio con sólo mirarlo.

Los fuegos pirotécnicos empezaron a explotar en el aire justo sobre sus cabezas, y todos se acomodaron para disfrutar del espectáculo. Rosa sonrió al escuchar los gritos de emoción de Alex con cada explosión.

—Supongo que te sientes mejor —dijo Brian, sentándose al lado de la silla de ella.

—Supongo que sí —asintió Rosa—. Si los niños de repente se quedan quietos, siempre es seña de que algo anda mal. Si hacen ruido, en forma general es seña de que se encuentren muy bien.

—Qué lástima que estuviste enferma hoy, pero gracias por dejarnos venir. Todos lo hemos disfrutado mucho.

—Sobre todo, tú. Tuviste el gran gusto de venir a pasar el día en cocinar y atendernos a todos como siempre.

—Pero ésa es la parte más fácil —dijo Brian al meter la mano a través de los huecos de la silla metálica de Rosa para tomarla de la mano—. Porque les tengo mucho cariño a todos ustedes. ¿Por qué no lo iba a hacer?

—Brian, eres tan lindo...

Brian le dio un apretón de la mano.

—No, Rosa, no soy lindo. Es que ya tengo la suficiente madurez para saber qué es lo que quiero y cómo conseguirlo.

Sus palabras le sonaron como una advertencia, pero para Rosa significaron casi una promesa. O un compromiso, pero no quería pensar en eso por ahora. Por el momento, fue simplemente un gran cumplido. Atrayendo sus manos unidas hacia sus labios, besó la mano de Brian antes de ponerla suavemente sobre su regazo. Durante el resto del espectáculo, apenas estuvo consciente de que estaba acariciando la piel de él con su dedo pulgar. Lo único que Rosa sentía en ese momento era algo que no había sentido en mucho, mucho tiempo: la felicidad al estar con Brian.

—¿Estás lista? —Brian observó escépticamente al short y zapatos de tenis que llevaba Rosa.

—Por lo visto, no —dijo Rosa riéndose—. Nunca me dijiste adónde íbamos .

Aunque habían concertado su cita para salir el viernes, Rosa había dicho que estaba rendida y la aplazó hasta el sábado. No se le había ocurrido hasta mucho más tarde que no tenía la menor idea de cómo vestirse. Ahora, al ver a Brian vestido de pantalón de vestir y corbata, Rosa sabía que se iba a tardar un buen rato en arreglarse para la ocasión.

—De verdad, te ves muy bien. Absolutamente perfecta —Brian la tomó de la mano para que no se le pudiera escapar, pero Rosa ni siquiera lo intentó.

—Graciela, métete a la casa. Ahí va llegando tu tía Débora, así que ve a decirles a Roberto y Alex que ya llegó —Brian no pudo ni terminar la frase a tiempo;

Graciela ya estaba adentro de la casa y corría hacia los muchachos.

—No es tímida —dijo Brian.

Rosa recordó claramente aquel primer día.

—Lo he notado.

A Rosa le pareció la cosa más natural del mundo acercársele para darle un beso. Los labios de Brian eran suaves y prometedores. Una de sus manos le acariciaba la espalda mientras la otra le levantaba el mentón para abrirle la boca para su exploración. Rosa apartó todos sus pensamientos de los niños, del trabajo o de la casa. Por primera vez en muchos años, simplemente se dejó llevar por la sensación. Y la sensación fue maravillosa.

Rosa brincó al escuchar que tocaban un claxon de coche, pero Brian no la soltó.

—Es Débora, nada más —murmuró a los labios de Rosa. Ella quiso volver a hundirse de nuevo en la promesa de aquel beso—para luego llegar mucho más allá. Pero estaban dando todo un espectáculo. Ella se retiró, apartándose de él suavemente; justo a tiempo para ver que Débora señalaba hacia Brian con los dos dedos pulgares hacia arriba.

Rosa se dio por vencida, y se dejó llevar por sus deseos.

Tirándolo por su corbata, Rosa atrajo de nuevo a Brian, y éste se le acercó con deleite, riéndose en voz baja. Su beso ardió como el fuego, y ambos reconocían, aceptaban y deseaban el ardor que seguiría. Y Rosa definitivamente sintió el ardor del deseo. Lo deseaba tanto, que llegó a preguntarse si podían llegar a su habitación sin ser detectados.

—No me hagan caso, que nada más voy de paso a la casa.

Fue la risita de Débora que volvió a Rosa a la realidad. Tenía que parar esto en seco. Era ridículo. ¿Qué pasaría si los fueran a descubrir así los niños?

—Perdóname —murmuró Rosa al dar un paso hacia atrás—. No debería haber hecho eso.

—Sí deberías haberlo hecho —respondió Brian con una sonrisa—. Yo sé que yo definitivamente lo disfruté.

—Pero, Débora...—Rosa no terminó la frase. Estaba avergonzada por haberlo pensado simplemente.

—Debi ha estado intentando hacerme salir con alguna mujer durante casi dos años, Rosa. Jamás había encontrado a nadie que me cayera bien siquiera, y mucho menos a alguien que deseara. Estará fascinada, créemelo. Y —continuó secamente—, por lo menos *tú* no tendrás que escucharla cuando me repita un millón de veces durante los próximos días: "te lo dije".

Brian la tomó por la mano y la llevó al Wrangler, ella todavía vestida de short y zapatos de tenis. No le permitió entrar de nuevo a la casa ni para cambiarse de ropa ni para despedirse de los niños.

—Debi se encargará de todo, Rosa. Estáte quieta y sube a la camioneta.

Y mientras Rosa todavía estaba murmurando una queja por ese mandato tan chauvinista, Brian sonrió serenamente y salió en reversa del camino de la entrada. Era obvio que él y Débora habían planeado todo; la verja se abrió justo en el momento exacto.

—Nunca fijamos las reglas para nuestra cita —el tema le había pesado mucho a Rosa. Todavía se sentía como si estuviera traicionando sus principios al salir con Brian. Ella lo necesitaba más para los niños que para sí misma, aunque lo deseaba más para ella misma con el paso de cada día. Siempre sermoneaba a los niños para que no fueran egoístas. Ahora le correspondía a ella el sermón.

—¿Reglas? Vaya, Rosa, no es necesario fijar reglas para todo en la vida —la expresión de Brian era mezcla de diversión y exasperación, pero Rosa se mantuvo firme.

—No. Tenemos que discutir este punto —insistió—. Yo dependo mucho de ti; y los niños también. No quiero perder a un fantástico amo de llaves a cambio de unas veladas agradables.

—Rosa —ahora estaba definitivamente exasperado—, no me vas a perder. Es totalmente ridículo pensar que los abandonaría yo nada más porque te alocas un poco cuando sales con un hombre.

Sus palabras le picaron el amor propio; y por la sonrisa en la cara de Brian, las había dicho con ese propósito.

—Yo no me aloco cuando salgo con un hombre —espetó—. Qué ridiculez.

—¿De veras? —preguntó Brian—. Yo te vi cómo llegaste después de salir con Allen Cabeza de Ladrillo. Yo definitivamente te vi medio loca.

—¡Brian! Yo te dije lo que...

—Oye, no te preocupes. También puedes bailar en una mesa para mí si quieres.

—¿Bailar? ¿En una mesa? ¡Yo no hice semejante cosa! —Rosa ya se había olvidado del propósito original de la conversación. Él la estaba volviendo loca.

—Sí, Rosa, claro que sí —Brian le dio una palmadita en la mano—. Yo te comprendo.

Rosa estaba a punto de gritar, pero luego Brian empezó a reírse.

—Está bien. Ya basta. Ya te divertiste —Rosa hizo una pausa—. Y ahora no recuerdo de qué hablábamos.

—Excelente —dijo Brian satisfecho de sí mismo. Su expresión la hizo recordar el tema.

—¡Las reglas!

—Maldición —murmuró Brian—. De acuerdo. Dime tus reglas.

—No son tan malas —Rosa se sentía igual como cuando obligaba a Roberto a limpiar su cuarto.

—¿Sí? Te apuesto que la primera tiene que verse con "fuera las manos". Y en tal caso, no la quiero saber —rezongó.

Rosa se rió.

—Con adulación llegarás adonde quieras llegar...o casi —agregó la última palabra al estirar la mano de Brian para tocarla—. De veras, Brian, no es nada drástico —repitió ella, apartándole la mano invasora con un golpecito.

Al recobrar su compostura, Rosa despejó la garganta y volvió al tema original.

—Ahora, lo más importante es que Roberto y Alex no se den cuenta de que estemos saliendo juntos. Ellos automáticamente nos tendrían casados en sus imaginaciones.

—Y eso sería algo muy malo, ¿verdad? —al ver la mirada de Rosa, Brian levantó los brazos de manera defensiva—. Trato de comprender muy bien lo que dices.

—Si nada más salimos durante la noche, los niños no se darán cuenta de nada. Siempre y cuando no cambie la relación entre nosotros en la casa, no pasará nada.

—No sé, Rosa. No deberíamos abandonar a los niños todas las noches de la semana, y eso es precisamente la frecuencia con la que pienso salir contigo.

—Todas las...Brian, yo no puedo dejar a mis hijos todas las noches, aunque no tuviera que trabajar en las mañanas.

—Qué bueno —era obvio que se consideró triunfador de esa ronda—. Entonces nos quedaremos en casa y acostaremos a los niños temprano.

—No, Brian. Mantendremos las cosas tal y como están actualmente y volveremos a salir, si quieres, una vez a la semana. Como hoy.

Rosa hablaba en serio. Era lo más correcto. Estaba casi segura de poder seguir su plan sin jalar a Brian a su recámara todas noches después del trabajo.

—¿Una vez a la semana? Me visita más seguido mi sirvienta. Además, yo sé que los niños me quieren mucho, y no les importará que esté más tiempo en la casa.

—No, no les importará —accedió Rosa—. Les parecerá fabuloso. Y luego, cuando se termine tu trabajo y te vayas, estarán desolados. No puedo hacerles eso por mi egoísmo de querer salir con un hombre maravilloso.

—Un hombre guapo y maravilloso —corrigió Brian.

—Un hombre guapo y maravilloso —dijo Rosa, haciéndole eco.

Brian se apaciguó. Luego miró a Rosa durante un largo momento y meneó la cabeza.

—Debe de haber sido un verdadero imbécil.

—¿Quién?

—Tu ex marido. El idiota que te abandonó con

los niños. Aquél que te tiene marcando reglas para una simple salida a cenar.

—Él no tiene nada que ver en el asunto —dijo Rosa inflexiblemente, aunque muy por dentro reconocía que Brian probablemente tenía la razón.

—¿No? —la expresión de Brian demostró que no le creía.

—Hace mucho que se fue mi ex marido y no tiene nada que ver con nada. Lo único que me interesa es proteger a Roberto y Alex para que no se les lastime. Es tan sencillo como eso.

—El que se quema con leche, y todo eso —murmuró Brian. Y luego suspiró—. ¿Una vez a la semana? ¿Y no puedo arrastrarte a tu recámara, o atacarte en el pasillo durante los interludios? Y, ¿después, Rosa? Después de terminar mi trabajo como amo de llaves, ¿entonces puedo atacarte en el pasillo?

Era una oferta muy tentadora.

—No lo sé, Brian —le contestó sinceramente—. Lo que temo es que ya cuando no estés con los niños todo el día, y si decides —o nosotros decidamos— no seguir saliendo juntos, entonces prefiero que Roberto y Alex no se den cuenta de nada, para que no salgan lastimados. No quiero hacerles vivir el dolor de perderte.

Brian mantuvo la mirada sobre la carretera hasta que se pararon en un semáforo. Y luego alcanzó la mano de Rosa.

—El tipo fue un imbécil, Rosa. Sólo espero que algún día te pueda demostrar que los verdaderos hombres no abandonan a sus esposas ni a sus hijos. Ni siquiera abandonan a su novia.

Rosa no tuvo respuesta. Había pasado cinco largos

años preguntándose qué le había faltado a su marido para ir a buscarlo en su esposa rubia de la Ciudad de México. Pero todo eso había pasado al olvido, y no, definitivamente no tenía nada que ver con su motivo para querer proteger a sus hijos.

Brian finalmente se dio por vencido, y aunque lo aceptó sin mucha elegancia, Rosa pareció quedarse satisfecha.

—Así que, ¿adónde vamos? —él conducía al sur. Eso podía significar cualquier lado, porque Rosa vivía al norte de la ciudad—. Espero que no sea un lugar muy elegante, Brian. No quiero hacerte pasar vergüenzas —agregó, al echar una mirada a su short.

Brian le echó una mirada que habría derretido el Polo Norte.

—Rosa, podrías ponerte todo o nada, pero jamás podría avergonzarme de ti.

Rosa sonrió felizmente y Brian volvió la mirada al camino. Era mejor que tuviera que manejar, pensó Rosa. De haber seguido mirándola de esa manera, Rosa se habría ofrecido a pagar una noche de hotel. *Cálmate,* se dijo firmemente. *Se trata de la primera vez que sales con él. Es demasiado prematuro para acostarte con él. Además,* agregó su subconsciente sabiamente, *durante cuatro semanas más, sólo se trata del amo de llaves.*

Al estacionarse en frente de un Kentucky Fried Chicken, Rosa no lo pudo creer.

—¿Aquí vamos a comer?

—No. No vamos a comer aquí, pero sí que vamos a pasar por su ventanilla. —paró el coche en frente de la bocina y la miró—. ¿Qué quieres?

—¿Hablas en serio?

—Bienvenidos a Kentucky Fried Chicken. ¿Qué puedo servirles?

Brian volteó para contestar a la voz del adolescente.

—Quiero la cena de tres piezas y un té helado —volteó a encararse con Rosa de manera solícita—. ¿Qué quieres comer?

—Lo mismo.

La próxima vez se iba a vestir más elegantemente, pensó Rosa. Quizá así la llevara a algún lugar que fuera un poco más formal.

Siguieron adelante para aceptar la comida por la ventanilla, y Brian colocó las bolsas en el asiento trasero.

—¿A qué otro lugar maravilloso vamos a ir ahora? —Rosa no pudo ocultar su sarcasmo.

—No te preocupes, que será mejor de lo que piensas —dijo Brian sonriéndose.

Llegaron a un paso en la montaña unos cuantos minutos antes del ocaso. El cielo ya lucía fuertes manchas largas de color rosa y lila que anunciaban el magnífico espectáculo de colores que seguiría. Había una mesa de campo que daba al oeste, y Rosa comentó que era el lugar perfecto para una cena en el campo. Pero al empezar a caminar al lugar, Brian metió la comida en una mochila como si se preparara para una excursión alpina.

—Vamos —dijo—. Tenemos que apurarnos si queremos llegar antes de la puesta del sol —y para el asombro de ella, empezó a treparse por el costado de la montaña.

De la vereda derecha por donde caminaba Brian ahora, ella se imaginaba que no se detendrían a descansar hasta llegar a la cima.

—Brian —dijo Rosa sofocadamente—, tienes que aminorar el paso. Me estás dejando atrás. Rosa ya estaba extremadamente agradecida por no haberse cambiado de ropa para su salida; los lindos zapatitos Gucci de tacón alto se habrían echado a perder en los primeros quince minutos. Por primera vez se dio cuenta de que Brian llevaba sus zapatos de tenis con el pantalón de vestir. Era de esperar que Brian inventara algo estrafalario para su primera cita. Estaba resultando diferente a cualquier cita que ella hubiera tenido en su vida entera.

Serpentearon a través de los arbustos desérticos al pie de la colina, y Rosa se concentraba en no desviarse y en esquivar los nopales que apenas se veían a la luz del crepúsculo. La subida parecía casi vertical, y no tardaron mucho en llegar al final del desierto y al comienzo de las crestas rocosas. No era precisamente su definición de diversión, pensó Rosa al tropezarse y raspar una vez más su rodilla. La mesa de campo habría funcionado perfectamente bien. Pero cuando Brian se volteó para ayudarla a subir en una parte especialmente empinada del camino, ella se limitó a tomarle de la mano y le sonrió como si estuviera divirtiéndose más que nunca en la vida. Si ella había podido sonreír durante la nefasta cita con Andy Stone, entonces podía sonreír hoy.

—Sólo falta un poquito —la animó Brian—. Estamos a punto de llegar.

—¿A punto de llegar a dónde?

Rosa se dio cuenta de que su chillido petulante se había parecido demasiado al de alguno de sus hijos, pero no lo pudo evitar. Lo único que alcanzaba a ver más adelante de las rocas donde estaban parados eran más y más rocas. Si la fortuna les sonreía, podrían escalar este montón de piedras sólo para encontrar más rocas; y además, tendrían que bajar en la oscuridad.

—Ya lo verás —fue su respuesta misteriosa. Sin embargo, tenía que haber palpado la frustración de ella, porque no le soltó la mano mientras le ofrecía palabras de inspiración al ayudarla a pasar por encima de otra piedra más.

Entonces llegaron a la cima del mundo.

—Es hermoso —dijo Rosa asombrada, todavía sofocada por la subida.

La cima estaba en lo alto de un pico de la montaña, pero como habían subido la montaña en coche, Rosa no se había dado cuenta de que habían subido tan alto. Era una vista panorámica perfecta; la ciudad de Tucson por un lado, y el ocaso por el lado del desierto virgen del Monumento Nacional Saguaro. Y para gozar la magnífica vista, alguien en algún momento había esculpido dos plataformas de piedra y las pegaron en su lugar con cemento, una en dirección de cada una de las vistas, cada una como un sofá.

Rosa apretó la mano de Brian y lo siguió al lado de la vista lejos de la ciudad. En este lado de la montaña había un precipicio de cientos de metros.

—¿Cómo descubriste este lugar? —Rosa había vivido en Tucson durante quince años y había manejado por este paso de la montaña muchas veces, pero jamás se le había ocurrido detenerse ahí.

—Vine una vez con unos amigos. Comimos en la mesa de campo allá abajo, pero yo subí hasta acá después. Siempre dije que volvería algún día para ver el ocaso.

Sentándose en el banco de piedra, Brian se acomodó hacia atrás y atrajo a Rosa a sentarse junto a él.

Ella se acurrucó entre sus brazos, más contenta de lo que se habría imaginado jamás.

—¿Y alguna vez has venido a ver el ocaso desde entonces?

—No. Ésta es la primera vez. No había encontrado a la persona ideal con quien compartirlo.

Rosa se volteó para verlo de frente.

—Siempre sabes exactamente qué decir, ¿verdad, Brian?

—Contigo me sale muy natural.

Sí, era cierto. Siempre sabía qué decir.

Observaron mientras el anochecer cobijaba al cielo con su oscuridad, y dejaba en su lugar el brillo de las estrellas centelleantes a su paso. Al final, el ocaso se profundizó, y culminó en largos dedos de fuego en distintos tonos de rojo vivo y anaranjado, al desvanecerse los últimos vestigios del día.

—¿Así que tienes hambre?

En realidad, Rosa deseaba que la besara. Pero al mencionar él la comida, los gruñidos de su estómago le recordaron que de verdad tenía hambre.

—He aquí una comida de alta cocina —le dijo Brian al desempacar la bolsa de Kentucky Fried Chicken—. Aquí están representadas todas las necesidades de una comida balanceada.

—Nosotros comemos demasiada comida como ésta cuando tú no estás —le dijo Rosa, al abrir su caja color rojo con blanco—. Antes de que llegaras a nuestras vidas, temo que los niños realmente creían que esto constituía una cena formal de tres platillos.

A Brian se le brillaron los ojos, y ella sintió la atracción física como si fuera una descarga de electricidad que recorrió su cuerpo.

—Sólo espero que no prescindan de mí durante mucho tiempo.

Cenaron mientras la tierra se oscurecía hasta quedar negra. Luego se cambiaron al otro asiento para ver mientras subía la luna, grande y hermosa, sobre la mancha de luces que era la ciudad de Tucson.

—Anoche fue luna llena —dijo Brian—. Pero está hermosa esta noche también.

Mientras Brian observaba la luna, Rosa lo observaba a él. Pensó que no había visto jamás nada tan hermoso como las facciones de su perfil clásico a la luz de la luna.

—Tú también eres hermoso —le dijo ella con absoluta sinceridad.

Brian volteó para encararse con ella, sus labios separados por escasos centímetros.

—Gracias, querida, tú también eres hermosa.

Fue entonces que ella supo que iba a besarla, y sabía que si no la besaba, se moriría. No, se corrigió, si él no la besaba, *ella lo* besaría.

Pero la besó. Suave y dulcemente al principio, el beso fue sólo una tentación, un recuerdo de su abrazo tan ardiente una semana antes. Durante toda la semana, Rosa había luchado para olvidarse de ese beso, porque no quería desequilibrar ese delicado balance que mantenían ella y Brian durante las horas laborales. Pero su cuerpo lo había recordado, y sus labios habían anhelado los labios de él todas las noches en su soledad en esa gran cama. Y ahora que se alimentaba su sed, ella no se saciaba. Tenía ganas de comérselo vivo.

—No pensé que te pudiera persuadir a que me dieras ese tipo de beso sin hacer toda una labor de convencimiento, así que traje una botella de champaña

—dijo Brian al separarse de ella un momento para respirar—. Pero ya que nos dimos el beso que tanto anhelaba, ¿qué me darás a cambio de la champaña?

Rosa pudo ver su sonrisa traviesa bajo la luz de la luna, y durante un breve momento hasta tomó en consideración la posibilidad... la cumbre de una montaña, encima de un sofá de piedra, podría ser el lugar más extraño que podrían escoger. Rosa también sabía que jamás podría hacerlo, porque no era lo suficientemente exhibicionista. Sin embargo era bastante divertido bromear con Brian.

—¿Qué es lo que quieres que te dé a cambio de la champaña? —preguntó Rosa, mirándolo a través de sus pestañas—. Tú sabes que tus deseos son órdenes para mí.

Las copas que Brian sacaba de la mochila en ese momento tintinearon de repente, y las tuvo que poner en el suelo. Rosa se sonrió satisfecha.

—¿Rosa? —Brian le acercó su boca tan cerca de la suya que casi se tocaron sus labios. Pero al inclinarse Rosa un centímetro más cerca, Brian se alejó—. Eres una guasona.

—¿Guasona? —Rosa se rió—. No he oído esa expresión desde la preparatoria.

—¿Ah, sí? —Brian la miró pensativamente—. ¿Así también lo eras entonces? ¿Sabes lo que les pasa a las chicas guasonas?

—¿Salen con hombres maravillosos que las llevan a la cima del mundo?

—Está bien —accedió Brian, y descorchó la botella de champaña sobre el precipicio—. Brindaré por ese comentario. Especialmente por cómo dijiste "maravilloso".

Rosa había dicho la palabra "maravilloso" con

toda sinceridad. Quizá, pensó al estudiarlo en la luz de la luna, quizá debería correr el riesgo de una vez. Sólo faltaban un par de semanas para terminar el trabajo de verano; seguramente podría mantener una relación con un hombre durante tan poco tiempo. Además, Brian estaba en su casa todo el día de todos modos; aunque en casa, Rosa se mantenía alejada de él. Y si los niños llegaran a descubrir que había algo entre ellos, Roberto y Alex estarían encantados con la idea. Pensaban que Brian era el hombre más genial que habían conocido en su vida.

Y ahí estaba el problema. Iba a ser muy difícil para Roberto y Alex cuando se terminaran las ocho semanas, y Rosa ya lo sabía. ¿Cuán peor sería su tristeza si se dejaba fantasear con una gran familia feliz y unida?

No, tendría que cumplir con las fechas designadas. Era la única manera. Pero por lo menos por esta noche, Brian era suyo.

Bajaron lentamente, a la luz de la luna, y Rosa siguió a Brian. La luna brillaba fuertemente, e iluminaba bien el camino, y la bajada fue mucho más fácil que la subida, pero ella no se quejó ni tampoco quitó su mano de la mano de Brian durante todo el camino y tampoco cuando se detenía a ayudarla a bajarse de las piedras más altas.

Trabajaban muy bien juntos, y platicaron muy poco durante la bajada al coche. Rosa estaba a gusto y contenta de permanecerse callada, y sólo necesitaba sentir la mano de Brian para estar contenta. Tampoco le había disgustado la champaña.

Una mirada a su reloj le indicó que era casi la medianoche, y Rosa volvió a mirarlo para estar segura. Habían estado en la cumbre durante horas, aunque no pareciera así. A solas sin teléfonos, sin los niños y sin tener que lidiar con nadie. Habían sido las horas más memorables de su vida, y lo único que habían hecho había sido platicar. Y se habían besado.

—Así que, ¿me vas a invitar a salir el próximo sábado? —Rosa ni siquiera trató de ocultar la esperanza en su tono de voz.

Deteniéndose, Brian se volteó y Rosa entró directamente entre sus brazos.

—Esperaba que fuera mucho más pronto, —suspiró—. Pero aceptaré a lo que estés dispuesto a acceder. Señorita Osario, ¿aceptarás salir conmigo de nuevo el próximo sábado?

—Con dos condiciones —le dijo Rosa.

—¡Ajá! Eres toda una empresaria. De acuerdo. ¿Cuáles son las condiciones?

Sus manos recorrían la espalda de ella y bajaban a sus caderas. Rosa trató de no distraerse para poder decir lo que tenía en mente.

—La primera es que volvamos a hacer esto.

—¿Subir la montaña la semana que viene? ¿No te gustaría hacer algo diferente?

Rosa meneó la cabeza.

—Está bien. ¿Cuál es la segunda condición?

—Que al llegar a la casa, nos sentemos en el coche a besuquearnos un ratito.

Brian se rió, y luego le levantó su cara cerca de la suya.

—No veo razón alguna para que nos esperemos hasta llegar a la casa.

Tardaron mucho en llegar al coche.

CAPÍTULO SIETE

—¡Brian, no lo hagas! —Rosa lo esquivó y caminó por el pasillo, y dejó a Brian con ganas de darle un puñetazo a la pared. No podía aceptar que Rosa quisiera seguir con lo pactado.

La relación no había llegado a mayores la noche del sábado, pero Brian había pensado que después de tantos besos ardientes, la mujer por lo menos le habría dado un beso de buenos días. Sin embargo, Rosa no había dejado que se le acercara. Lo iba a volver loco. Brian sacudió la cabeza disgustado. Bueno, le había prometido a Rosa seguir sus reglas, y probablemente seguiría así, pero no le agradaba la idea para nada.

Quizás, pensó con una sonrisa, la atraparía en la entrada cuando ella saliera al trabajo. Eso había funcionado bastante bien la última vez.

—Nada más te pido un beso, Rosa. Un solo besito para sostenerme todo el día.

Rosa reprimió la risa.

—Te pareces a mis hijos cuándo piden un helado —le dijo.

—Sí, pero la gratificación que *yo* quiero es mucho más dulce que un simple helado.

Sin esperar su permiso, Brian se le acercó, resuelto a besarla. Rosa retrocedió un paso; tenía toda intención de cumplir con lo pactado. Pero luego se topó con la pared de la entrada, atrapada. Al mirar la expresión en el rostro de Brian, ella se dio cuenta de que éste la había atrapado a propósito.

—Ya te atrapé —su sonrisa fue traviesa y a la vez prometedora, y a pesar de su firmeza, Rosa sintió que se le desvanecían todas sus justificaciones. La hacía sentir muy bien. Al parecer, Brian notó el cambio en ella, y ella se dio cuenta por el hoyuelo que se le marcaba y por su miraba ardiente—. Podríamos ir a tu habitación y los niños ni siquiera nos buscarían. Te apuesto que podríamos pasar a solas por lo menos una hora.

Fue muy difícil resistirle su tono de voz tan prometedor. Pero sería una locura. Ya pasaban de las siete y media y habían tres niños curiosos en la casa. Al fin fue su mente racional que ganó la batalla.

—Tú estuviste de acuerdo, Brian —le recordó—. Y si alguno de nosotros es un guasón, entonces lo eres tú. Ya pórtate bien. Tengo que salir al trabajo.

Pero Brian sólo la apretó más fuerte, y sus labios le rozaron la mejilla al susurrar.

—Pero Rosa, no se trata de guarsear. Hay que entregarnos ante lo inevitable. Puedo prometerte que nos divertiremos mucho.

Rosa sabía que sería muy divertido. La verdad era que no dudaba en lo más mínimo que sería maravilloso. Tampoco tenía la menor duda de que fuera un error. Tenía que esperar.

Ella apartó a Brian con un empujón, y él se alejó con un suspiro de resignación.

—No lo podemos hacer, Brian. Tengo que pensar

primero en Roberto y en Alex. No puedo dejar que salgan lastimados de nuevo —su voz llevaba un tono suplicante. Rosa sabía que si Brian llegaba tan sólo besarla, ella perdería el control de sí misma y probablemente acabaría por arrastrarlo a su recámara. Y estaba equivocado respecto a una sola cosa: Roberto y Alex se darían cuenta perfectamente de dónde estaban. Quizá no se dieran cuenta de lo que hacían, pero bien que sabrían lo que significaba.

Rosa pensó que había ganado la batalla al llegar a su coche ilesa. Y le pareció muy caballeroso de parte de Brian que la acompañara para abrir la portezuela. Sin embargo, no había contado con que él tomara su portafolios y sus llaves como rehenes.

—No —le dijo Brian con una sonrisa triunfal—. ¿Qué me darás por el portafolios?

La mueca que hizo Rosa no lo inmutó.

—Brian... —empezó a decir.

—Sin discusiones, Rosa. Se trata de un trato de puro negocio. Yo sé que eres una mujer muy profesional en los negocios. Seguramente puedes entender que será mucho más fácil la negociación que la discusión. Ahora —continuó con una gran sonrisa, porque al parecer, él tenía todas las de ganar—, ¿qué me darás a cambio de este portafolios?

La mirada de Brian era calculadora y Rosa sonrió a pesar de sí misma. *¿Por qué no?* Todos los niños estaban en la casa. Podía darse ese pequeño gusto por un breve momento.

—De acuerdo. Puedes besarme —ella paró la trompita como lo haría su hijito Alex.

—No es la clase de beso que quiero —dijo Brian—. Si quieres rescatar el portafolios, *tú* tendrás que besarme a *mí*.

Rosa se le quedó mirando. Se preguntó si tenía alguna idea de lo que realmente quería hacer con él.

—Ándale, Rosa, no será tan desagradable. No pareció desagradarte tanto besarme la otra noche —le recordó.

No, de verdad no le había disgustado. Inclinándose hacia adelante, Rosa le dio un besito en la mejilla. Brian volteó la cabeza rápidamente, capturándole los labios, pero apenas los rozó.

—Bueno —reflexionó durante un breve momento—. Con eso puedes rescatar el portafolios porque me besaste. Sin embargo, no fui lo suficientemente explícito. Pero tendrás que esforzarte mucho más si también quieres rescatar las llaves del coche.

—¿Sí? Y ¿qué es lo que tengo que hacer, exactamente, para rescatar las llaves del coche?

El corazón de Rosa tamborileaba en su pecho al simplemente imaginárselo.

La mirada de Brian casi le quemó.

—Tienes que rodear mi cuello con los brazos —le dijo, con un tono grave y sensual—. Tienes que apretar tu suculento cuerpo contra el mío. Tienes que besarme — con la boca abierta, como si me desearas como jamás has deseado a ningún otro hombre. Y luego tienes que decirme cuan maravilloso soy una vez más antes de irte.

Ninguna de las condiciones le sería difícil de cumplir. Ella sí lo deseaba como jamás había deseado a ningún otro hombre. Hasta el deseo que había llegado a sentir por su marido era juego de niños a comparación con el deseo que había inspirado en ella este hombre. Y la idea de besarlo y todo lo demás, por la mera descripción de Brian, la había dejado jadeante.

Brian jugueteó con las llaves en frente de su cara durante un segundo antes de meterlas adentro del bolsillo de su pantalón.

—O puedes optar por buscar las llaves tú misma —ofreció maliciosamente—. Creo que eso me sería igual de agradable —al ver que Rosa no contestó de inmediato, le insistió—: Rosa, son las siete con cuarenta minutos.

Rosa se dejó vencer por lo inevitable.

—Vamos a ver... ¿Tengo que rodearte el cuello con los brazos? —dijo, y trató de aparentar estar indecisa. Cuando Brian asintió con la cabeza, ella se le acercó más, y apenas rodeó su cuello con los brazos, de manera que sus manos apenas le tocaban, sin tocarle con el cuerpo.

—No olvides la parte de lo de tu cuerpo suculento —la recordó.

—Ah, sí.

Fue una orden susurrada en voz baja y Rosa obedeció. Parándose de puntitas, amoldó su cuerpo contra el de Brian, y apretó su suavidad contra la rigidez musculosa de él. Él no la ayudó de ninguna manera, y Rosa tuvo que apretar los brazos alrededor de su cuello para sostenerse de pie. Contra la suavidad de su vientre sintió la excitación de Brian e inhaló de golpe al reconocerla. Se cruzaron sus miradas, y en caso de que le quedara alguna duda a Rosa, Brian contestó su pregunta silenciosa.

—Te deseo, Rosa. Cada vez que me encuentro cerca de ti, y en casi todo momento cuando no estoy contigo, pienso en cuánto te deseo, en cómo sería poseerte, y cómo seríamos juntos —movió sus caderas suavemente contra ella, y Rosa reconoció que lo deseaba tanto como él a ella, y habría dado lo que fuera por poder rendirse ante la tentación.

Ella atrajo la cabeza de Brian hacia ella para alcanzarle los labios, tirándole de sus rizos cortos y negros para forzarlo. Ya no tenía caso darle un besito casto, porque Rosa ya estaba demasiado excitada como para conformarse con sólo eso. Cuando por fin logró capturar su boca, su beso liberó todo el deseo reprimido y las frustraciones de cinco semanas que había pasado al lado de un hombre hermoso quien se suponía era intocable.

Se tocaron sus lenguas y mientras las lanzaban, las manos de Brian recorrieron su cuerpo entero, y se aumentó el ardor que su mera presencia provocaba en ella. Hundida en el beso, Rosa casi se trepó por su cuerpo para alcanzarle mejor la boca. Las manos de Brian se juntaron al fondo de su trasero, formándole una silla para levantarla del suelo para que ella alcanzara su boca de lleno. Apretó la rigidez de su excitación contra ella, como si tratara de penetrarla a pesar de las varias capas de falda, fondo y medias, y, de haber estado en cualquier otra parte y no en medio del camino de la entrada, Rosa se habría quitado cuanta ropa le impidiera sentirlo totalmente contra ella; y adentro de ella.

Y podría haberlo hecho de todos modos, delante de Dios y del mundo, de no haber sido por el conocido ruido que hizo la manija de la puerta al interrumpirlos. Fue como una cubeta de agua helada vertida sobre las emociones ardientes de Rosa. Era una advertencia del destino de que los dos habían estado a punto de propasarse.

—¿Papi?

Sólo era Graciela, pensó Rosa, y luchó para recobrar la compostura. Una niña de tres años jamás se fijaría en una falda subida, ni las manos temblorosas de Rosa, ni las caras ruborizadas de los dos adultos mientras se cruzaban sus miradas. Pero de haber sido Roberto...La llegada de Graciela había servido de advertencia, una advertencia que Rosa se había repetido una y otra vez. Hasta olvidarla de nuevo cada vez que la tocaba Brian.

—¿Sí, Graciela? —Brian no desvió la mirada de la de Rosa, pero a diferencia de Rosa, parecía tener dominio absoluto de sí mismo. A Rosa le sudaban las palmas de las manos, y le temblaban las rodillas al grado que tuvo que apoyarse en el coche, y además, estaba sofocada.

—¿Puedo tomar un tentempié? Comí todo el desayuno.

Brian rompió la comunicación silenciosa para mirar a su hija.

—Entraré a la casa dentro de un momentito, Graciela. Espera que yo llegue y ya veremos.

—Yo te espero aquí, papi —le dijo Graciela con la confianza de saber que ella era la persona más importante en su vida. La niña corrió a su lado y tomó la mano de Brian, y lo miró esperanzadamente.

—¿Qué haces?

—Estoy entregándole sus llaves a Rosa para que pueda salir al trabajo —Brian sacó las llaves de la bolsa de su pantalón y las extendió al alcance de Rosa. Cuando ella estuvo a punto de tomarlas, las apartó fuera de su alcance—. Se te olvidó algo.

La mirada de Rosa volvió de golpe a la cara de Brian. No pensaba besarlo de nuevo delante de su hija.

—De lo maravilloso que soy —insistió él, con una

sonrisa que apenas se dibujaba en los extremos de su boca.

—No esperes todos tus regalos al mismo tiempo, Brian —Rosa arrebató las llaves de sus dedos—. Creo que ya te he dado más de lo que pediste —*y más de lo que había pensado darte,* agregó en silencio. ¿Adónde se había ido la resolución que había forjado durante tantas horas?

—Más de lo que pedí, quizás —respondió él con seriedad—, pero mucho, mucho menos de lo que deseo. Y raras veces fracaso cuando de verdad deseo algo.

—Papi, ¿puedo tomar un tentempié?

Graciela intentaba treparse por sus piernas. Rosa se ruborizó al darse cuenta de que ella acababa de hacer casi lo mismo.

—¿Un tentempié ahora? Te vas a convertir en un oso gordito.

Levantó a su hija en los brazos, y Brian se encaminó en dirección a la casa, y Rosa respiró profunda pero temblorosamente. Pero justo antes de llegar a la casa, Brian volteó.

—A mí me gusta una mujer que se ruboriza —le dijo—. Me hace pensar en todo lo que le puedo hacer para dejarla bien ruborizada, nada más para mí.

Rosa fue incapaz de contestarle.

—Nada más piensa en todo lo que nos espera. Es tu decisión, Rosa. Yo estoy dispuesto a olvidarme de tus reglas en el momento que tú digas.

Luego llevó a su hijita a la casa y dejó a Rosa, que lo miraba apasionadamente. Tenía dos semanas de vacaciones que podía tomar. Hasta dos semanas. Dos largas semanas. Después de las dos semanas, ella se encargaría de que Brian cumpliera todas las promesas. Pensó que le gustaría seguir las reglas de *él* durante un rato.

—¿Bueno? —la voz de Rosa hizo eco por toda la casa vacía—. ¿Hay alguien en casa?

Al entrar, dejó sus bolsas y miró por la puerta trasera. No estaban ni los niños, ni Brian, y no había nada de cenar en la cocina.

Al deambular por los cuartos vacíos, Rosa se preguntó desde hacía cuánto tiempo había tenido la casa para sí solita, aunque fuera durante unos cuantos minutos. No recordaba cuándo; por lo menos habían sido varios años desde entonces. Y a pesar de haber soñado con tener unas horas a solas, hoy ese sentimiento de soledad no le atraía en lo más mínimo. Anhelaba sentir el consuelo de la plática constante de Roberto y Graciela, de los abrazos empalagosos de Alex, y de las miradas ardientes y persecución constante de Brian.

Tuvo que admitir que ya empezaba a extrañar la presencia de Brian cuando no estaba; y extrañaba los asaltos a su virtud por mucho que fingiera que no le gustaban. Y cada día los extrañaba más.

Rosa estaba casi arrepentida por haber fijado las reglas el sábado pasado. Brian había cumplido, pero apenas. Ella se encontraba aguardando cada encuentro con él, cada mirada, y cada posibilidad de estar atrapada por el cuerpo perfecto de Brian. Sabía que era bastante ruin de su parte, pero tenía que confesarlo: ella se había convertido en la guasona que le había dicho Brian que era. Y ya no quería tentarlo. Una noche más con las miradas de

Brian y Rosa estaría lista para rendirse. Y no se arrepentiría jamás.

Rosa estaba cambiando los canales de la televisión por cable cuando las portezuelazos del coche anunciaron la llegada de las tropas.

—¡Hola, mamá! —Alex entró primero. Alegremente se tiró entre los brazos de su madre y le dio uno de sus grandes abrazos que casi la ahorcaban.

—Hola, Alex. Está bien, hijo, suéltame. Alex, me estás ahorcando —lo saludó como de costumbre, y como siempre Alex hizo caso omiso de sus quejas hasta que ella tuvo que apartar sus manos del cuello a la fuerza—. ¿Dónde andaban ustedes?

—Fuimos al parque —le dio su respuesta por atrás del hombro al correr por el pasillo.

—Hola, mamá —Roberto entró por la puerta entonces, y meneó la mano rápidamente antes de desaparecerse también. Luego apareció Brian, y llevaba a Graciela en sus brazos.

—Hola —lo saludó Rosa con un poco de timidez. Ella se sentía un tanto avergonzada por la manera en que lo había atacado en el estacionamiento durante la mañana como deseosa, y de volver a hacer lo mismo de nuevo.

Pero Brian se comportó de manera perfectamente natural.

—¿Ya llegaste? No me di cuenta de que fuera tan tarde. Toma, Graciela —le dijo a su hija—, ve a buscar a los niños mientras hago la cena.

Obedientemente, su hija corrió por el pasillo y se metió de golpe al cuarto de Alex.

Ahora, pensó Rosa. *Ahora tratará de besarme.* Brian tuvo que casi rozarla para pasar a la cocina, pero eso fue lo que hizo. El saludo más ardiente que recibió ella fue una cálida sonrisa.

—¿Tuviste un buen día en el trabajo? —preguntó mientras sacaba sartenes y abría las alacenas, ya que Rosa había superado su desilusión.

—Estuvo bien. No fue especial.

—Sí, nosotros también. Por eso llevé los niños al parque, para dejarlos desgastar un poco de esa energía inagotable que tienen. Estaban vueltos locos aquí en la casa.

Lo único que Rosa realmente quería saber de los niños en ese momento era que estaban jugando alegremente en el interior de la casa. No soportaba la idea de que ni siquiera hubiera intentado besarla.

—Brian, respecto a lo que sucedió en la mañana... —Rosa hizo una pausa estratégica. Quería hacerlo pensar en lo que había pasado en la mañana. *Ella* no podía pensar en otra cosa.

—Rosa, no tienes que decir ni una palabra más —le aseguró Brian mientras picaba las papas—. Tienes razón. Yo rompí nuestro pacto y trataré de cumplir mejor de aquí en adelante —agregó con una sonrisa—. Y te prometo que me alejaré de ti, así que no tienes de qué preocuparte.

—Oh —no había sido lo que había querido oír. ¿Pero qué podía decir ella? Estaba dándole la razón, ¿o no—? Qué bueno.

Brian cumplió su palabra. Incluso durante la cena cuando se inclinaba sobre ella para servirle algo en su plato, o pasaba cerca de ella para llegar a su silla, fue amable, pero nada más. No contó chistes privados para hacerla reírse, no le echó miradas traviesas para acelerarle el pulso con la emoción, y ni siquiera pudo oler la colonia sutil de Brian porque ya no aprovechaba las oportunidades para acercársele a Rosa. A decir verdad, mostró menos interés en ella que en el perro al que había llevado las sobras de la comida.

—Bueno, supongo que deberíamos retirarnos. Ándale, Graciela, trae tu bolsa y tu muñequita —*y gracias a Dios que ya se acabó este día,* pensó Brian.

Guardó las últimas sobras de la cena en el refrigerador, y al voltearse casi tiró a Rosa. Extendiendo la mano para ayudarla a recobrar el equilibrio, Brian se cuidó de sólo sostenerle el brazo durante unos cuantos segundos, como si fuera cualquier amigo. Por poco se murió al tener que hacerlo, pero lo hizo.

—Cuidado. ¡Graciela, vámonos! Bueno, Rosa, supongo que nos veremos en la mañana. Que descanses. —luego Brian jugó su as de la manga—: ¿Quieres acompañarme al coche?

Rosa levantó la cara y sus miradas se cruzaron. Brian trató de mantener la cara sin expresión, pero cuando ella recorrió la lengua por los labios, casi perdió la compostura. Tuvo que desviar la mirada.

—Claro.

—Brian aparentó estar desinteresado hasta llegar a la puerta, pero casi perdió el control cuando Rosa se detuvo en el marco de la puerta en el lugar dónde Brian sabía que podía ataparla tranquilamente contra la pared.

Sonrió tristemente y se volteó para levantar a su hija. Graciela le servía de escudo al mismo tiempo que lo ayudaba a mantener las dos manos ocupadas.

—Que pases una noche agradable, Rosa. Nos vemos mañana.

Ni siquiera podía permitirse el lujo de mirarla sin

sentirse tentado a romper su resolución, así que Brian enfocó toda su atención en abrochar el cinturón de seguridad de su silla de coche. Esperaba que al terminar de abrochárselo, Rosa habría entrado a la casa para dejar de torturarlo.

Pero no lo había hecho.

—Adiós, Brian. Nos vemos mañana.

Su tono sonó tan triste que Brian casi se rindió. No supo cómo, pero logró menear la mano brevemente y se metió en su coche sin correr tras ella.

Brian estaba empeñado en seguir las reglas de Rosa durante unos días, aunque se muriera en el intento.

Esta mañana le había resultado insoportable. Había sido la culminación de muchos días de miradas ardientes, insinuaciones y miradas intensas. Iba a tener que dejar de dormir por completo si seguía pasando sus noches en vela por pensar en ella. Para su propia salud mental, iba a cumplir su promesa a Rosa durante dos semanas. Dos semanas más una ardiente noche sabatina de más.

La noche del sábado ya significaba algo muy especial para él, y jamás había esperado un sábado con tantas ganas como éste que avecinaba. Mientras tanto, trataría de mantener las manos quietas y alejadas del cuerpo tan tentador de Rosa. Intentaría hacerlo, pero sus buenas intenciones eran lo único que podía prometerle. Y si Rosa lo tocaba primero, entonces ni sus buenas intenciones le detendrían.

Al llegar el jueves, Rosa estaba a punto de estallar. Estaba a punto de llorar; a punto de dar patadas; y a punto de comprarse un pastel doble de chocolate de la pastelería más cercana para comérselo solita sin dejar una sola migaja. Pero sobre todo, estaba a punto de atacar a Brian, atraparlo contra la pared y forzarlo a confesar que todavía la deseaba.

El plan de Rosa, su hermoso plan, el plan que garantizaba la felicidad de todos, había resultado en su propia desdicha.

Durante los últimos tres días, ella y Brian habían actuado como los amigos que ella había insistido que fueran entre semana. Cuando antes había aprovechado cada oportunidad que se presentara para besarla, ahora ni siquiera se le acercaba. Mantenía quietas sus manos, sus deseos, y la única indicación que le daba de su deseo para ella era una mirada ardiente de vez en cuando. Pero ella pensaba en él en todo momento. Y lo deseaba en todo momento.Y no soportaba pensar que ya no la deseaba.

El sólo escuchar su voz por la bocina de la verja le aceleraba el pulso.

—Hola, Alex, soy Brian. Abre la verja.

—Sí, Brian.

Rosa trató de prepararse para verlo. Se moría de la vergüenza, pero tenía que preguntarle si todavía quería salir con ella el sábado por la noche. Le urgía que le dijera que sí, pero temía que dijera que no. Ella temía que una vez más, no había podido mantener el interés de un hombre ni siquiera durante una semana entera después de salir por primera vez.

Mirándose una última vez en el espejo, Rosa enderezó el cuello de su blusa, se puso los tacones y respiró profundamente. Empezó a caminar por el pasillo justo al escuchar cuando Brian tocaba a la puerta.

—Buenos días, Graciela —Rosa se enfocó en la dulce sonrisa de la niña antes de mirar a su padre—.

Buenos días, Brian —si su saludo parecía menos cálido, sólo le quedaba la esperanza de que Brian no se diera cuenta. Rosa estaba tan nerviosa que aun esas palabras tan sencillas se le habían trabado.

—Hola —la sonrisa de Brian tenía la calidez de siempre. Pero levantó a su hija antes de entrar a la casa, y evitó cualquier contacto físico con Rosa; ni siquiera le dio un apretón de manos—. ¿Ya se levantaron los niños? Ah, sí, me supongo que sí porque Alex me contestó en la verja —se corrigió riéndose—. Vamos, Graciela, puedes ayudarme a preparar el desayuno.

Rosa lo siguió a la cocina. Consideró la posibilidad de protestar cuando lo primero que hizo Brian fue sacar su lonchera para prepararle su comida, pero le pareció tan impersonal que su protesta habría sido ridícula. Y lo que menos quería era parecer más ridícula.

—Creo que llegaré a tiempo al trabajo —dijo Rosa tímidamente, y aceptó la lonchera empacada. El reloj marcaba apenas las siete con quince minutos, lo cual era una hora insólita para salir al trabajo.

—Qué bueno —Brian le regaló una de sus cálidas sonrisas efusivas—. Entonces, que pases un buen día —dijo, para voltear a seguir preparando el desayuno.

—¿Brian? —Rosa se detuvo justo afuera de la cocina. Ya no aguantaba ni un momento más.

—¿Sí? —Brian volteó sonriéndose al escuchar su nombre, pero al notar la expresión en la cara de Rosa, se le acercó y se le borró la sonrisa—. ¿Qué te sucede, Rosa?

—Pues no sucede nada de verdad —*O todo anda mal,* pensó—. Nada más quiero hacerte una pregunta —la voz de Rosa bajaba de tono con cada palabra. Estaba terriblemente avergonzada al tocar el tema, pero sería peor esperarlo el sábado en la noche y luego quedarse plantada.

—Está bien, pregunta lo que quieras —ahora su expresión era tan grave como la de ella. Al parecer se había dado cuenta de que el tema era doloroso para Rosa.

—Todavía vamos a...quiero decir, ¿has cambiado de parecer? Digo, ¿respecto a salir conmigo el sábado en la noche? ¿Todavía vamos a salir?

Rosa quería cerrar los ojos para evitar tanta vergüenza, pero después se alegró de no habérselos cerrado. Se habría perdido de la expresión de asombro que se dibujó en la cara de Brian.

—Rosa, ¿me preguntas si todavía quiero salir contigo el sábado en la noche?

Rosa asintió con la cabeza.

Brian atravesó los pocos pasos que los separaban y se acercó tanto que la pudo haber tocado, pero no la tocó.

—Yo sólo sigo tus reglas, Rosa. En el momento que quieras cambiarlas, dímelo y estaré encantado de olvidarlas. Todavía te deseo, no lo dudes ni por un momento. Y el sábado en la noche, quedará resuelto el asunto —hizo una pausa larga—. De un modo u otro —agregó con una sonrisa sensual.

Rosa casi lo atacó allí mismo en el pasillo. Tuvo que hacer uso de hasta la última gota de compostura y toda su fuerza de voluntad para salir al trabajo después de ese comentario. Y durante todo el largo camino al trabajo Rosa estuvo pensando en qué ponerse el sábado en la noche.

CAPÍTULO OCHO

Atención, por favor, decía en tono fuerte la voz proveniente de las bocinas en el techo. *Se ha anunciado una advertencia de que avecina una tormenta eléctrica para esta zona. Cada empleado debe de tomar las precauciones correspondientes para salvaguardar el equipo.*

En otras palabras, pensó Rosa mientras salvaba la última revisión de su documento, *hay que apagar las computadoras.* En cuanto el mensaje llegó a la pantalla para avisar que se había salvado el documento, Rosa obedientemente apagó la computadora y la desenchufó del contacto en la pared. Entonces salió del edificio con todos sus colegas para observar el progreso de la tormenta.

La humedad había subido día a día durante toda la semana. Era señal del comienzo de las tormentas, y como resultado el clima había sido aun más insoportable que nunca. Por fin las nubes se acumulaban en la distancia sobre el horizonte durante las tardes, y todo el mundo en Tucson esperaba ansiosamente que llegaran las lluvias. Las lluvias durante los próximos dos meses compensarían la falta de precipitación del resto del año. Todos los jardines y árboles de la ciudad o sobrevivían o morían a causa de los temporales del verano.

Para cuando Rosa llegó al exterior, el cielo hacia el norte ya estaba negro. No de color gris, y no sólo nublado y lluvioso, sino negro. Los relámpagos parecían estar suspendidos en el cielo oscuro, ahuyentados sólo por los estruendosos truenos que los perseguían. Al calcular Rosa contando, la tormenta seguía a una distancia de unos ocho kilómetros, pero venía rápidamente en dirección a ellos. Era ominosa la tormenta.

Al derredor de Rosa, habían otros que vivían lejos de la oficina que contaban de sus experiencias de las últimas veces que no habían podido llegar a casa por las masivas inundaciones instantáneas que siempre acompañaban a los diluvios del verano. Estaba demasiado seco el suelo después de diez meses sin agua y no podía absorber tanta agua de golpe. Ese exceso de agua llenaría todos los cauces secos de los ríos y de los arroyos. Los caminos se convertirían en desagües. Era fácil quedar atrapado en alguna parte de la ciudad sin poder llegar a casa, incluso si caían escasos centímetros de lluvia. Y en vista de cómo se veía el cielo, Rosa calculó que llovería bastante más que unos cuantos centímetros.

—Yo ya me voy —murmuró. Nadie se fijaría. Sus demás colegas seguirían parados afuera del edificio y fumando cigarros durante el resto de la tarde, para observar la lluvia que tanta falta le hacía a la ciudad. Rosa prefería observarla desde su casa.

Empezaba a caer una ligera llovizna al correr Rosa por el enorme estacionamiento, y le dolían los dedos de los pies por la angostura de la punta de sus zapatos de tacón alto. Metió su portafolios hasta donde pudo por debajo de su saco para protegerlo de la lluvia, pero no ayudó mucho. A la hora de llegar a su coche, la llovizna se había convertido en diluvio.

—Caramba —los relámpagos rayaban el cielo justo por arriba de ella mientras buscaba sus llaves en el fondo de su bolsa. Siempre era precavida al asegurar las cerraduras del coche, pero ahora estaba convencida de la estupidez de hacerlo. Cuando al fin se subió al coche, estaba totalmente empapada. Tuvo que detenerse antes de cerrar la portezuela del coche para sacar el agua de sus zapatos.

Las nubes negras ya estaban directamente encima, y Rosa tuvo que prender los faros de coche para poder ver. Empezó a pensar en qué hoteles habría sobre la ruta a su casa, porque existía una fuerte posibilidad de que tuviera que pararse en algún lado a esperar que pasara la tormenta.

En la carretera, la lluvia caía a cubetazos y fue una pesadilla manejar los treinta kilómetros hasta llegar al norte de la ciudad. Pero por fin pudo llegar Rosa. Llovía fuertemente a la hora de salir de la carretera, pero por lo menos ya podía relajarse un poco y caminar a menos de treinta kilómetros por hora sin temor a que alguien le fuera a pegar por atrás. En un camino que normalmente le llevaba media hora en transitarlo ya había pasado más de una hora. A Rosa ya le había afectado tanto la tensión como el cansancio, y su ropa mojada se le pegaba al cuerpo a pesar de la calefacción de su Taurus que había prendido en toda su potencia. Si sólo lograba llegar a casa, pensó, se iría directo a la regadera sin desvestirse siquiera. Después de la empapada de hoy, no tenía caso preocuparse por echar a perder su traje.

Pero cuando al fin dio la vuelta a Skyline Drive y se acercaba a su propia casa, Rosa empezó a dudar de que pudiera llegar.

La calle estaba clausurada por unas patrullas de la policía y por unos camiones de bomberos, y sus sirenas clamaban al fuerte estruendo de la tormenta. Los fuertes vientos que habían empujado la lluvia lateralmente por la parte sur de la ciudad habían provocado mayores daños en este sector. Se habían caído varios árboles que obstruían la mitad del camino, y con los árboles habían caído los cables de la electricidad, ahora encontrándose enredados entre las ramas como desafío inocente a quién se atreviera a pasar.

Lo peor del caso era que Rosa casi podía ver su casa desde el lugar en donde estaba atorada en el tráfico. Podía ver la altísima palmera a un lado de su piscina, y consideró la posibilidad de estacionar su coche para caminar desde ahí usando la palmera como guía para llegar. Entonces se dio cuenta de que habría una corriente torrencial en el arroyo al pie del camino de la entrada a su casa. No le agradaba la idea de atravesarlo a pie.

Vencida al final del largo camino, Rosa dio la vuelta en U para esquivar el tráfico, y volvió al camino desde dónde había venido. Era aparente que tardarían mucho en desobstruir el camino, y aún más si seguía lloviendo. Tenía que buscar un lugar seco para esperarse.

—¿Brian?

—¿Eres tú, mamá?

—Sí, Beto. ¿Dónde está Brian?

—Está ayudando a Alex a que se cambie la ropa. Llueve bien fuerte aquí.

—Lo sé. Llama a Brian.

Al contestar la voz grave de Brian, Rosa se sintió con ganas de llorar por el alivio y por la frustración. Ella se dio cuenta de que se sentía tan conectada a él que tuvo que controlarse para no soltar el llanto. Sólo quería depositarle a sus pies todos sus problemas para que él le buscara las soluciones.

—¿Brian?

—¿Rosa? ¿Estás bien? No pareces estar bien. ¿Dónde estás?

—Estoy en la tienda sobre Skyline Drive. Casi llegué a la casa, Brian, pero no puedo llegar a la entrada. Los trabajadores de emergencia ya cerraron el paso. Pude llegar tan cerca como para poder caminar, pero cuando llueve, el río al pie de mi entrada siempre sube hasta las portezuelas de mi coche. No quiero arriesgarme a atravesarlo a pie.

—Está bien, Rosa. ¿Cuán cerca puedes llegar a la entrada?

—Hasta la encrucijada justo antes de la entrada. De ahí puedo ver la palmera en la cima, pero tendría que caminar para llegar —dijo con tono de rendición en la voz—. Supongo que no los veré hasta muy tarde; si es que logran desobstruir el camino esta noche.

—Rosa, estaciona tu coche tan cerca como puedas y empieza a caminar. Yo te alcanzaré en el Wrangler para traerte. Me imagino que no llevaste un paraguas, ¿verdad?

—No —suspiró Rosa.

—Entonces, me temo que te vas a mojar, pero por lo menos llegarás a tu casa.

—Eso no importa. Ya estoy empapada.

—Eso es algo que me dará mucho gusto ver.

Rosa se sonrió al escuchar su tono tan provocativo, y notó que se le calmaba algo de la tensión que había experimentado durante toda la tarde.

—¿Cuánto tardarás para volver al camino?

—Quizás unos veinte minutos o un poco más, pues el tráfico está bastante congestionado.

—Ahí estaré.

De nuevo en el embotellamiento de tráfico, Rosa avanzó su coche los mismos diez centímetros que habían avanzado los demás vehículos. Su meta era llegar al camino que estaba un poco más adelante. Rosa lo pudo ver justo antes de la primera patrulla de la policía, pero calculó que podía tardar hasta otra media hora para llegar. Ya estaba anocheciendo. Rosa llevaba más de dos horas en tratar de llegar a su casa.

Ya había anochecido cuando por fin llegó a la encrucijada, iluminada por los faros rojos y azules de la patrulla con cada giro que daban. Por fin pudo dar la vuelta, y Rosa se estacionó en el primer lugar elevado que encontró, y agradecidamente apagó el motor. Cerró los ojos durante un largo rato antes de organizar las cosas que necesitaría esa noche; el coche había llegado a su destino, pero a ella todavía le faltaba un largo camino para llegar.

Antes de bajar del auto, Rosa se quitó sus zapatos de tacón alto, y se quitó las medias y su saco empapado. Colgó su saco lo mejor que pudo sobre el respaldo del asiento, pero al observarlo bien, Rosa se dio cuenta de que estaba echado a perder y ya no tenía remedio.

Vestida sólo de falda y blusa, finalmente se bajó

del coche y tembló con gran disgusto al hundirse sus pies en el lodo profundo. Agachó la cabeza para protegerse de la lluvia, y volvió por el mismo camino, hundiéndose con cada paso hasta llegar al acotamiento sólido de Skyline Drive. Esquivando lo mejor que pudo las patrullas y los cables eléctricos caídos, Rosa avanzó lentamente camino arriba, su mirada fija sobre la palmera en la cima de la colina.

Al dejar a Graciela dormida, Brian dejó a los tres niños en la sala viendo *La Guerra de las Galaxias,* que había montado en la videocasetera. Él sabía que era la favorita de los niños, y que ni Roberto ni Alex se separarían del televisor mientras estuvieran viendo esa película. Colocó un plato de papas fritas frente a ellos y los observó hasta que se quedaron hipnotizados por la película. Estarían perfectamente seguros así, pensó con una sonrisa.

Al pasar por la casa, Brian revisó todas las puertas y ventanas para estar seguro de que estuvieran cerradas con llave, y luego echó el cerrojo a la puerta de cristal que daba a la piscina. El cerrojo dio un golpecito al engancharse, y el mecanismo se quedaría fijo hasta ser abierto con la llave que Brian metió en la bolsa de su pantalón.

—¿Roberto? —Brian tuvo que llamarlo tres veces para que respondiera el chico—. ¿Podrías venir por un momento?

—¿Mande, Brian? —Roberto vio tras de su hombro mientras se destruía el mundo de Luke.

Volteó al muchacho para que no pudiera ver la televisión, y Brian le explicó que iba por su mamá.

—No debo de tardarme más de unos cuantos minutos, pero si se despierta Graciela, tienes que hacer que se quede con ustedes. Con que le des papas fritas se quedará.

Roberto sonrió; era cierto que a Graciela le encantaba comer.

—Y mientras no regrese yo, no vayas a cerrar la verja. Por lo que dice tu mamá, parece que al pie del camino de la entrada se forma un río. No quiero tener que pararme a la mitad del río para abrir la verja.

—Está bien. ¿Y qué hacemos si te necesitamos?

Roberto se veía muy preocupado. Brian lo abrazó.

—Estaré al alcance de tus gritos, Roberto. Si me necesitas, levanta el teléfono y aprieta la estrella y luego el número nueve, y me llamará. Pero no tardaré mucho. Tu mamá está caminando con toda esta lluvia para tratar de llegar a la casa. Lo único que voy a hacer es bajar para recogerla. Estaré de regreso antes de que Luke conozca a la Princesa Leia.

Se oyó otra fuerte explosión proveniente de la televisión, y Roberto volteó hacia esa dirección.

—Bueno, Roberto, eso es todo. Puedes seguir viendo tu película, pero no olvides que te dejo como responsable de todos.

De pronto al muchacho se le olvidó la televisión.

—¿Quiere decir que si le digo a Alex que haga cualquier cosa me tiene que obedecer? —preguntó Roberto con voz esperanzada.

—Algo así —respondió Brian, y luego esclareció su respuesta—. Pero nada más si está a punto de hacer algo peligroso o si hay un incendio en la casa y le tienes que decir que se salga. No sólo porque quieres que te traiga un vaso de jugo de la cocina.

—Caray —dijo con una sonrisa Roberto—. ¿Cómo supiste?

—Porque lo sé —le explicó Brian—. Yo hacía lo mismo con mis hermanos.

Después de dejar a Graciela profundamente dormida y a los niños hipnotizados, Brian encontró un paraguas en el guardarropa del pasillo, abrió la verja del camino de la entrada y salió al diluvio.

Rosa había tenido razón respecto al arroyo al pie del camino de la entrada, pensó Brian en el interior de su camioneta al cambiar la palanca que activaba la tracción independiente en las cuatro ruedas. El arroyo no tenía más de un metro y medio de ancho, pero el agua había escarbado profundamente la suave tierra. Mezclada con raíces y ramas, la corriente era fuerte y peligrosa. Definitivamente no era muy seguro atravesarlo a pie.

Aun antes de llegar a Skyline Drive, Brian descubrió a Rosa caminando por el acotamiento del camino. Destacada por los faros destellantes de las patrullas y por los faros fragmentados de los coches que pasaban, ella se veía muy pequeña y triste al avanzar lentamente por el profundo lodo a la orilla del camino. A pesar de lo poco que podía ver de ella, Brian decidió que la ropa empapada lucía muy bien en ella. Por lo menos definitivamente se le veía muy bien la falda que ahora se le pegaba como si fuera su segunda piel, y la blusa que alguna vez había sido blanca ahora estaba casi transparente. Desafortunadamente, lo único que podía ver ante semejante transparencia era su ropa interior, y de por sí una ropa interior poco sensual.

Al final del camino de tierra, las patrullas de la policía obstaculizaban su paso al camino pavimentado. Sin encontrar otra alternativa, Brian dio la vuelta para encarar el vehículo de nuevo hacia arriba, y lo estacionó para esperar a Rosa.

—Ay, pobrecita.

Las palabras de Brian eran las idóneas al abrir la portezuela para Rosa, pero ella se fijó en su sonrisa. Rosa también se dio cuenta de que él traía el paraguas.

Rosa temblaba al subirse al Wrangler, y esperaba que su mueca lo desalentara para que no hiciera ni un comentario más. No le agradó en lo más mínimo que a la hora de subirse al Wrangler, Brian ya estaba riéndose en voz alta.

—De verdad no encuentro nada de qué reírse —le advirtió Rosa—. Tengo frío y estoy empapada; mi ropa está totalmente echada a perder; y acabo de tener que abrirme paso por más de un kilómetro de lodo —Brian la observó y era obvio que intentaba controlar su reacción, pero no podía contener la risa. Ella esperó, pero él no se detuvo—. Mira —dijo Rosa, mientras trataba de controlar su enojo—, ha sido un día muy, muy largo, y lo último que necesito es que te burles de mí. Llevo horas tratando de llegar a casa en esta tormenta; mi ropa está destruida al igual que mis zapatos y tuve que estacionar mi coche en el camino de algún extraño. Lo más probable es que alguien me lo robe para que me quede sin coche mañana.

Al parecer, Brian ni la oía. Siguió riéndose. Rosa había pasado por demasiado ya.

—Dije que dejaras de reírte. ¡No es chistoso!

Frustrada, Rosa le pegó a Brian en el estómago

con su bolsa mojada. La pequeña pero pesada bolsa pegó con un golpe seco. Todo el contenido mojado de la bolsa cayó en el regazo de Brian, junto con una generosa cantidad de agua. Brian detuvo la marcha del coche.

—Esa bolsa tuvo que haberte pesado mucho —jadeó—. Y estaba bastante fría.

Su mueca fue tan cómica que provocó la risa de Rosa. Con exagerada diligencia, Brian levantó una bolsita de pañuelos de Kleenex.

—¿Estás segura de que quieras guardar éstos? —el pequeño paquete goteaba agua, y los pañuelos estaban empapados. Rosa los volvió a meter en su bolsa vacía. Entonces Brian le entregó su lápiz labial y su cepillo. Rosa los metió rápidamente en su bolsa también y se acercó al centro del coche para levantar las cosas que habían caído en la ranura que dividía los dos asientos entre ellos. Su mano fue a descansar directamente en el regazo de Brian. Y no sólo en su regazo.

—¡Ay¡ Perdón...—Rosa retiró su mano, pero la mano de Brian había sido demasiado veloz y la capturó. presionó la mano de Rosa contra su muslo y ahí la sostuvo.

—No hay de qué.

—Brian —suspiró. Rosa se quedó suspendida en el momento, sin poder hacer más que mirarlo fijamente a los ojos. Se sentía atraída por él, estaba hipnotizada por él, y no había duda de que no podía seguir luchando en contra de esa atracción. Al apoyarse contra él, su cuerpo resfriado contra el calor que emanaba el cuerpo de Brian, Rosa se sintió como en su casa; al sentirse abrazada por él, se sintió realizada. Sus manos recorrían su espalda y la acercaron a él. Y en cada lado donde Brian la tocaba, se calentaba.

Su beso fue ardiente, tórrido y muy prometedor. Al encontrarse sus lenguas, Rosa sintió el deseo del cual ya no tenía fuerzas para luchar. Casi pudo oírse la fuga del vapor que emanaba de su cuerpo, vapor que inmediatamente empaño el parabrisas y las ventanillas del Wrangler, y su blancura los opacó del mundo exterior. La lluvia golpeaba al toldo metálico del Wrangler, impidiendo así el paso de cualquier ruido, y los dejó en absoluta privacidad. Sólo existían ella y Brian, completamente solos, y nada existía más allá de los vidrios empañados para molestarlos.

Fue asombroso que Brian lograra desabrochar su blusa con tanta facilidad mientras la besaba. Rosa ni siquiera se había dado cuenta de que lo había hecho, hasta que sintió que se abría la espalda de la prenda, y cayó la suave tela de sus hombros sólo para trabarse en los botones de sus muñecas. La mirada de Brian quemaba a la suya mientras la soltó un momento para desabrochar esos botones. Y luego desapareció la blusa, tirada en alguna parte del Wrangler. El sencillo sostén blanco no opuso resistencia alguna. Desapareció en pocos segundos.

El asiento era como un suave sofá de piel, pero era demasiado corto, y Rosa se dio cuenta de eso al apoyarse contra la portezuela. Pero la sensación de las manos de Brian sobre sus senos, seguidos por su boca, la habían dejado incapaz de pensar racionalmente. Rosa gimió en voz alta al capturar él su hinchado pezón rosado entre sus labios para rodearlo con su lengua. Ella lo deseaba tanto que ni siquiera pasó por su mente la posibilidad de prescindir del lujo de la intimidad. Después, Rosa jamás estuvo segura de quién se había trepado primero por el respaldo para llegar a la camilla suave que estaba doblada en la parte trasera del vehículo, pero llegó a pensar que había sido ella.

Fue difícil quitarse la falda en ese espacio tan reducido, y la tela mojada estaba muy pegada a su piel. El sonido del rompimiento de la tela sólo enloqueció a Rosa aun más con el deseo de sentir la cálida piel de Brian contra la suya. La camisa de Brian ya había desaparecido, y Rosa deslizó las manos sobre su gran pecho moreno, que estaba expuesto para su deleite. Encantada, trazó un dedo alrededor de los unos cuantos vellos que cubrían los pezones de Brian y recorrió los dedos por los rizos donde formaban una suave mata sobre su estómago. Luego recorrió las manos más abajo y empezó a desabrochar los botones de su pantalón de mezclilla.

—Sí, ay, sí.

Su gemido le dio más fuerza a Rosa. En cada lugar donde le tocaba Brian, Rosa explotaba de sensación y quiso que él sintiera ese mismo deseo. Uno por uno, lentamente desabrochó los botones de su pantalón de mezclilla, y su corazón tamborileaba en su pecho por la emoción. Brian se recostó, y respiró sofocadamente, mientras la observó con una intensidad que hacía su propia promesa. Cuando llegó al último botón, le temblaban las manos. Cuando trató de tirar del pantalón, Brian tomó la iniciativa.

Con ardiente atención al detalle, le quitó la pantaleta a Rosa, y al mismo tiempo él se quitó el resto de la ropa de manera casi mágica.

Rosa tomó su virilidad en la mano.

—Espera —susurró Brian.

La parte trasera del Wrangler era bastante chica para dos adultos, y su amor se convirtió en una danza en la cual ambos tenían que coordinar sus movimientos. Enderezándose hasta casi sentarse apoyado contra la ventanilla, Brian usó su equilibrio y toda su fuerza para mover a Rosa de donde andaba en franca exploración. Con suaves caricias la levantó y la montó sobre su regazo con las piernas separadas, y su miembro luchaba por penetrarla.

—He fantaseado con esto. Desde que compré esta camioneta, he soñado con nosotros aquí y haciendo esto.

—Pero no me conocías entonces —los dedos de Brian la acariciaban, hallando sus secretos, y la presionó contra él para penetrarla. Sus últimas palabras se redujeron a meros gemidos.

—Pero soñé contigo, Rosa. Soñé con esto.

Con esas palabras, se lanzó para penetrarla, sus dedos enloqueciéndola, hasta que ella gritó su nombre y mantuvo el mismo ritmo por sí misma.

En ese momento los brazos de Brian se convirtieron en bandas de acero al levantarla y soltarla, al compás de su propio ritmo, de su propio paso y de su propia urgencia. Y luego ambos explotaron de nuevo, juntos.

Rosa aún no encontraba su falda.

—No puedo creer esto, Brian. Tiene que estar en alguna parte. ¿Qué la pudo haber pasado?

Las luces interiores estaban prendidas para ayudarla a buscar, y Rosa levantó la vista para encontrar la mirada de Brian clavada en su semidesnudez.

—No vuelvas a empezar —le advirtió—. Así perdí mi ropa en primer lugar.

—Justo lo que estaba pensando yo —le respondió con tono sedoso—. Yo conozco una excelente manera de hacerte olvidar la ropa...

—Brian Torres, ¿puedes portarte bien? Nuestros hijos están solitos en la casa. ¿Y si algo fuera a suceder? Tenemos que llegar a la casa.

—Rosa, estamos al pie de la entrada. Además, programé el número de mi localizador al teléfono y le enseñé a Roberto cómo usarlo. Si surge cualquier problema o si simplemente Graciela se despierta, Roberto nos llamará —luego Brian suspiró rindiéndose—. Bueno, está bien. Te ayudaré a buscar tu falda, aunque de manera muy personal, me gustas más así.

Unos minutos después habían buscado de nuevo por todo el Wrangler.

—Me doy por vencido, Rosa. Olvídalo.

—¿Cómo puedo olvidarlo? No puedo entrar a la casa semidesnuda —Rosa se trepó al asiento delantero justo a tiempo cuando Brian aceleró el motor para que el Jeep pasara por el agua torrencial.

—De acuerdo —le dijo—. Creo que sería mejor que te quitaras el resto de tu ropa también. Te ves muy bien desnuda.

¿Cómo podía ella discutir con alguien que decía semejantes sandeces? Rosa sólo meneó la cabeza. Iba a tener que olvidarse de buscar su falda, y buscar la manera de entrar a la casa sin ella.

—Relájate, Rosa. Los niños nunca se fijan en nada. Podrías pasar en frente de ellos vestida de Superhombre y ni siquiera levantarían la vista de la televisión.

Era la verdad. Rosa había salido de su habitación varias veces con una bolsa de plástico sobre su cabello y con la cara embarrada con una crema blanca, y ninguno de los dos niños jamás habían dicho nada. Tendría que esperar que fuera igual esta vez.

—Hola Brian —Roberto echó una mirada por el hombro cuando Brian abrió la puerta. Graciela seguía dormida, hecha una bolita sobre el sofá, y Alex ni siquiera levantó la mirada. Luke estaba luchando con Darth Vader.

—Hola. ¿Cómo te fue? —dijo Brian, al echar una mirada por el hombro a donde estaba Rosa escondida en la entrada. Ella le hizo una señal para que se apurara, pero él le sonrió. No tenía ninguna prisa porque le agradaba mirarla en su empapada blusa y pantaleta; era material para semanas de fantasías para él.

—Estuvo bien. No tardaste mucho —Roberto miró por su hombro de nuevo—. ¿Está mi mamá contigo?

—Sí —se rió Brian al ver la expresión horrorizada que cubrió la cara de Rosa—. Ya vendrá en un momento —dijo, por fin apiadándose de la pobre mujer que temblaba a sus espaldas—. Oye, Roberto, ¿quién crees que gane la batalla, Luke o Darth Vader?

La atención de Roberto se desvió inmediatamente de nuevo al televisor y empezó a contarle a Brian de sus partes favoritas. Brian sólo escuchó lo suficiente para contestar en los momentos más apropiados. La verdad era que estaba muy atento a la puerta principal. No pudo reprimirse el gusto de silbar al observar el cuerpo semidesnudo de Rosa correr por el pasillo. Brian rezó en silencio que Graciela siguiera bien dormida. Se iba a destruir la Estrella de la Muerte muy pronto y Roberto y Alex ya se veían medio dormidos. Con un poco de suerte podría alcanzar a Rosa antes de que ella se vistiera. Quería repetir sus actividades vaporosas de esta noche; pero esta vez en la cómoda cama seca de gran tamaño de Rosa. O en su propia cama. Ni siquiera le importaba en cuál, pero la cama de Rosa estaba más cerca. Ni siquiera habían pasado los créditos de la película cuando Brian había apagado la televisión y ya levantaba los platos de tentempiés.

—Vamos, muchachos. Es hora de acostarse.

—Yo quiero que mi mamá me acueste.

No hay nada en el mundo que iguale el chillido de un niño de seis años, pensó Brian con una sonrisa.

—No esta noche, Alex. Ella ya está dormida. Tuvo un día muy difícil —la verdad era que Brian sabía que no estaría dormida. Sólo esperaba que no hubiera tenido el tiempo suficiente para volver a vestirse—. Pero si te apuras, te llevaré algo de comer a la cama.

Probablemente estaba asentando un precedente bastante peligroso, pero lo que funcionara le parecía muy bien.

—¿A mí también? —Roberto se quedó a medio pasillo al oír eso. Sabía perfectamente bien que no se les permitía tener comida en sus habitaciones. Roberto probablemente comería el tentempié, para luego tratar de acusar a Brian el día siguiente por habérselo dado. Brian podía casi escuchar las maquinaciones mentales del niño de nueve años al pensar.

—Sí Roberto, a ti también. Métete en la cama y te lo llevaré en un momento.

Quizá si Brian se portaba muy, pero muy mal, Rosa le daría una nalgada. El mero pensamiento le hizo apurar aun más a los niños.

Los niños se acostaron más rápido que nunca, de eso estaba seguro Brian. Cinco minutos más tarde, se habían apagado sus luces y ambos estrechaban sus bolsas de fruta para comer en la oscuridad. Ambos también habían prometido a Brian que no le dirían a su mamá que habían llevado comida a sus habitaciones. A Brian le agradó que trataran de evitar que su mamá regañara a Brian. Se preguntó cuál de los niños sería el primero en confesarse con su mamá en la mañana.

En la sala, se detuvo para tapar a Graciela con una cobija y puso los cojines del sofá en el suelo en caso de que se cayera. Entonces Brian escuchó cuando Rosa cerró la llave de su ducha. Después de escuchar por la puerta de la habitación de los niños, el corazón de Brian se aceleró por la emoción. Los tres niños estaban profundamente dormidos y Rosa estaba en su cuarto, y esperaba que estuviera desnuda; al parecer, la Navidad había llegado temprano este año.

Brian tocó suavemente a la puerta cerrada.

—Un momento —la respuesta de Rosa sonó sofocada. Él rezó por que no estuviera vistiéndose.

—Sólo soy yo, Rosa. Abre la puerta.

El cerrojo de la puerta se movió y cuando se abrió la puerta se realizaron todas las fantasías de Brian. Bueno, no del todo—ella portaba una bata de tela de toalla amarilla sin forma que no era muy reveladora, pero le pareció a Brian que ella podía estar desnuda abajo de la bata, y tuvo esperanza.

—¿Dónde están los niños? —Rosa miró más allá

del hombro de Brian como si esperara verlos ahí, mirándolos.

—Están dormidos.

—¿Y Graciela?

—Dormida. Nada más estamos tú y yo, y con todo el tiempo del mundo. ¿Te mueres de hambre, o quieres que nos brinquemos la cena para tomar primero el postre?

Sin esperar una respuesta—púes no quería una respuesta por temor a que pudiera ser la que no quería escuchar—Brian atrajo a Rosa para abrazarla. Ella estaba todavía húmeda por el baño y olía a jabón y champú; los mejores perfumes del mundo. La besó gustosamente, abriéndole la bata para acariciar sus caderas desnudas con las manos.

—Esperaba que me estuvieras esperando, y que no te hubieras vestido.

Sosteniéndole la cabeza con las manos, la besó profundamente, y saboreó la dulzura de sus labios. Brian quiso besarla profunda y completamente, en casi todas partes, hasta hacerla suplicar que siguiera. El interludio apresurado en el coche había sido maravilloso, pero habían dejado de disfrutar lo mejor; y él quería compensarlo esta noche.

—Paaaa-piiii.

Brian se tensó. Era el lloriqueo de una niña de tres años muy asustada porque se había despertado sola y en la oscuridad. Era un lloriqueo que significaba que Brian tendría que dejar de hacer lo que hacía e ir en su busca.

—¡Papi!

—No lo puedo creer —gruñó Brian, y se apartó de Rosa.

—Ser inoportuno es el don de los niños —dijo

Rosa y suspiró al apartarse de él—, pero cómo los queremos.

—Sí, cómo no —estoico, Brian cerró la bata de Rosa y le ató el cinturón—. Guárdame mi lugar —dijo—. No quiero olvidarme de lo que hacía.

Pero en el fondo de su ser supo que Graciela estaría despierta durante horas y que tendría que llevarla a casa.

Y tendría que volver a esperarse hasta el sábado.

CAPÍTULO NUEVE

Para su próxima salida con Brian, Rosa se vistió elegantemente. Se puso su vestido diseñado por Halston, uno de sus favoritos, que había comprado dos años antes en Nueva York. La falda le llegaba a las rodillas y tenía el cuello alto, pero la tela de color azul marino se cruzaba en el talle, y enmarcaba un diamante de piel desnuda justo arriba de sus senos. Además, estaba totalmente abierto de la espalda, y la suave tela de la falda revoloteaba y hacía que Rosa se sintiera como Marilyn Monroe parada sobre la ventilación del metro.

Después de la última vez cuando Brian, y probablemente el mundo entero, había visto su ropa interior tan aburrida, Rosa había decidido ser atrevida, y sacó de su cajón una brevísima pantaleta negra que alguna vez le habían regalado de broma. Su pantaleta era transparente con encaje negro y tenía estratégicamente colocados unos pequeños corazones rojos, que no ocultaban nada, sino que llamaban la atención. Y aunque no se había animado a comprarse un liguero, Rosa guardó sus pantimedias a cambio de unas medias que le llegaban a medio muslo. Si Brian llegaba a ver su ropa interior esta noche, ella quería que valiera la pena la vista. Y finalmente, Rosa se puso sus zapatos negros de tacón de aguja que había comprado mucho antes, pero que jamás había tenido ocasión de usar.

Cuando tocaron a la puerta Brian y Débora, ella estaba lista.

Brian chifló en son de admiración; una clara indicación para Rosa de que habían valido la pena las horas que había tardado en vestirse, aparte de haberse dormido con rulos en el cabello la noche anterior.

—¡Madre de Dios!

Débora le sonrió.

—De verdad que te ves hermosa, Rosa. Tu vestido está increíble. Y ahora, si ustedes me disculpan, tengo cosas que hacer.

Al pasar a un lado de Rosa y Brian, Débora entró a la casa y cerró la puerta tras de ella.

—Rosa, te ves tan sabrosa que podría comerte viva —Brian no se iba a andar con rodeos, pensó Rosa, mareada en su abrazo.

Con sus tacones de aguja, Rosa ya llegaba casi al cuello de Brian. Brian aprovechó su nueva altura para inclinarla hacia atrás al estilo de las películas de los años cuarenta. Rosa estaba segura de que si la soltaba, se caería.

—Brian, ¡me voy a caer!

—No permitiré que te caigas —la recorrió con los labios hasta acariciar el diamante de piel desnuda.

—Ay, Brian —protestó Rosa débilmente—, nos pueden ver los niños.

Los labios de Brian regresaron a sus labios. La devoraban; su lengua la saboreaba, poseyéndola.

Luego subió sus labios para rozarle su cabello, su frente, y sus ojos cerrados antes de regresar para juntárselas de nuevo con su boca. Rosa perdió toda noción de pensar en alejarlo de ella. Cuando finalmente le dio un último beso dulce y cortito para luego soltarla, Rosa suspiró desilusionada. Había sido el beso del siglo.

La risa de Brian era temblorosa.

—Creo que más nos vale irnos de aquí para empezar nuestro tiempo juntos.

—¿Adónde vamos? Pensé que habíamos dicho que íbamos a la montaña de nuevo.

Brian echó una mirada a su vestido y zapatos.

—No estás vestida precisamente para ir a escalar montañas —dijo con tono seco.

—Pero traje mis zapatos de tenis. Simplemente pensé que si me vestía más elegante quizás me llevaras a algún restaurante de cadena de comida chatarra más fino que "Pollos Kentucky".

La verdad era que Rosa sólo había querido vestirse así por Brian. Ella había planeado en qué ponerse durante toda la semana y había decidido que si su vestido de Halston se echaba a perder por andar escalando montañas, entonces habría sido por una buena causa.

—Yo tengo en mente otro lugar —le dijo Brian—. Es pequeño y menos conocido, pero tienen excelente comida y un ambiente bastante relajado. Creo que te gustará el lugar. Después de cenar podemos bailar.

Rosa trató de pensar a cuál restaurante se refería, pero no pudo pensar en ninguno que estuviera en esta parte del pueblo.

—¿Cuán lejos queda de aquí?

—Está por aquí cerquita —le aseguró Brian—. Nos llevará sólo un minuto para llegar.

—¿Para qué hora hiciste la reservación?

—No necesitamos una reservación —respondió, con una sonrisa dibujándose a los extremos de sus labios—. Allí siempre me guardan una mesa.

Rosa no se dio cuenta de qué se trataba hasta que lo vio meterse por la calle residencial. Para entonces Brian estaba sonriéndose abiertamente al darle respuestas enigmáticas. Al meterse en su lugar de estacionamiento, Brian bajó del coche y dio la vuelta al lado de ella para abrirle su portezuela con un ademán elegante.

—Bienvenida a la Casita Torres —recorrió todo su cuerpo con la mirada, y Rosa se fijó que tuvo que respirar profundamente antes de levantar la mirada para juntarla con la de ella—. Prometo que haré todo lo posible para hacer...agradable tu visita.

Fue una decisión difícil, pero Rosa decidió esperar hasta que estuvieran en el interior de la casa para tirarlo al suelo para aprovecharse de esa promesa.

—Esto es verdaderamente hermoso, Brian. Has hecho una magnífica labor.

El hombre tenía un gusto exquisito. A pesar de tener una niña de tres años, la casa estaba relucientemente limpia, y parecía recién salida de una tienda de diseño interior.

—Mi casa jamás podría estar así, por mucho que intentara lograrlo.

El cuarto estaba decorado con casi todo blanco. La alfombra era blanca; las paredes blancas; y los muebles de un color casi blanco; contrastado con manchas explosivas de color en el arte colocado en las paredes y por los grandes tapetes. La base de las paredes estaba pintada de color de malva que se desvanecía en un blanco puro al subir hacia el techo, y le daba al cuarto la sensación de ser enorme. Como últimos detalles, había espejos de arte moderno y plantas que crecían hacia el techo.

—Ahora sí que me alegro de haberme vestido más elegante —dijo Rosa—. Te apuesto que jamás te quedas en tu ropa interior en este cuarto tan elegante. Yo sé que yo jamás subiría los pies en ninguno de esos sofás —Rosa estaba gratamente impresionada por lo detallista que era Brian para alcanzar la perfección. Su propia casa era amueblada cómodamente, pero no tenía los detalles tan elegantes que tenía esta casa.

—Me agrada que te guste —le dijo Brian, al parecer contento por la reacción de ella—. Me he tardado años en buscar cada pieza, pero me gusta cómo ha resultado. Débora me dijo que estaba loco al usar tantas cosas blancas mientras Graciela esté chica, pero los cuartos son muy pequeños y el blanco ayuda para agrandarlos. Y sí —agregó con una sonrisa burlona—. Si me siento en todas partes en paños menores, así que adelante —subió y bajó las cejas como Groucho Marx—. Pero déjate los tacones si lo vas a hacer.

El cuarto estaba iluminado por casi cien velas que lo llenaban con sus llamas parpadeantes, que se reflejaban en los espejos y bailaban sobre las orillas pulidas de los muebles. La mayor parte de las velas se habían quemado casi hasta el final, como testimonio preciso del tiempo que había tardado Brian en ir por ella a su casa y traerla de nuevo. La dulce fragancia a incienso flotaba en el aire, y se mezclaba con un olor que afirmaba a Rosa que Brian estaba preparando algo muy sabroso para la cena.

—¿Quieres que te lleve al recorrido oficial, o prefieres tomar una copa primero? —Brian recorrió su mano ligeramente sobre la piel desnuda de la espalda de Rosa, y ella se estremeció ante su toque.

—El recorrido —le dijo. Había un cuarto en especial que Rosa quería ver.

—Dicho y hecho.

La planta baja era chica. La sala, cocina y baño llenaban todo el espacio. Todos los cuartos eran cálidos y acogedores, e incluso el baño inspiró un suspiro envidioso en Rosa. La cocina era justo la que cualquier cocinero a la altura de Brian querría tener: estaba reluciente y organizada a la perfección, y tan atrayente que Rosa pensó durante un brevísimo momento que hasta ella podría cocinar ahí.

—Has hecho una labor maravillosa —le volvió a decir a Brian.

La expresión en la cara de Brian era una clara indicación de que no se había cansado de escuchar sus cumplidos.

—Y ahora, sigue la planta alta —dijo, y su sonrisa se convirtió en mirada impúdica—. Pero debo decirte que allí es donde vive el lobo feroz que se come a las mujeres semidesnudas. Si subes allí, corres el riesgo de jamás volver a ver la planta baja.

Mientras siguiera con ella ese lobo feroz, Rosa decidió que no le importaría quedarse en la planta alta. Se lo dijo, y Brian le dio un beso que la dejó tambaleándose sobre sus tacones. Cuando por fin se separó de ella, Rosa lo alcanzó de nuevo, pero Brian la esquivó, riéndose.

—Ven a ver el resto de la casa antes de atacarme. Ésa es *mi* regla.

¿Atacarlo? Bueno, pues quizás fuera cierto, admitió Rosa. Después de su pasión ardiente en el fondo de su camioneta, Rosa lo había deseado constantemente, y la sensación había aumentado con el paso de cada día. Las reglas que había fijado ella misma habían llegado a dejarle un sabor amargo en la boca. Quería rescindir el trato que ella misma había exigido que se cumpliera, pero temía que Brian se burlara de ella. En lugar de eso, esperaba que Brian le repitiera de nuevo que mejor rescindieran aquel trato para que ella tuviera la oportunidad de aceptarlo dignamente; y de esa manera racionalizarlo al decir que había sido idea sólo de Brian.

Subieron las escaleras a un descanso forrado con una suave alfombra azul cielo, y en esa parte las paredes eran de un blanco sutil con un borde de color que hacía lucir el color azul de la alfombra. La planta baja daba la impresión de grandes espacios abiertos. En la planta alta se palpaba serenidad. En las paredes había cuadros de niños jugando, y aunque Rosa no fuera muy conocedora del arte, reconocía la calidad de las pinturas. Una puerta directamente a su izquierda estaba entreabierta, y Rosa pudo ver la gran cama ahí; era la habitación de Brian. Se le secó la garganta al sólo pensar en entrar, y arrastrar a Brian tras de ella. Al parecer, él se fijó en la expresión que tenía en la cara, porque se rió.

—Vamos a dejar a ese cuarto para el final del recorrido —le dijo, con voz grave—. Una vez que entremos ahí, tengo muchas cosas que quiero enseñarte, y nos llevará un largo rato para terminar el recorrido.

Fue el colmo. Ella había vivido pendiente de esa promesa durante toda la semana, y había pensado en mil maneras de decir que sí; maneras de ceder dignamente ante la seducción de Brian. Las manos de Brian descansaban en sus hombros y apenas la tocaban, pero para Rosa era como si la estuvieran quemando. Ya estaba harta de luchar contra el deseo. Rosa agarró la mano de Brian y lo atrajo hacia la puerta entreabierta.

—Quiero que me des ese recorrido ahora mismo —susurró, hundiéndose en la promesa de los ojos oscuros de Brian.

Brian apretó fuertemente su mano.

—Lo que quiera la dama, lo tendrá.

Con un sólo movimiento suave, deslizó su mano a la parte posterior de las rodillas de Rosa, y la levantó entre sus brazos, apretándola contra su pecho como si fuera una niña. Sin embargo, Rosa no se sentía como una niña. Sus senos, libres de todo sostén por primera vez durante muchos años y excitados por el roce de la suave y sedosa tela del vestido durante toda la noche, ya estaban tan sensibles que Rosa gimió cuando los rozó contra los duros músculos del pecho de Brian. Su gemido pareció descontrolar a Brian.

Al bajar la boca, Brian saboreó sus labios, y recorrérselos con su lengua antes de lanzarla hacia adentro de su boca. Los dedos de Rosa recorrían los rizos cortos y oscuros de Brian, al mismo tiempo que le sostenía por el cuello como si tuviera miedo de que se separara de ella. El beso fue ardiente y tórrido, y prometió todo lo que Rosa tanto había soñado.

Con un pie, Brian abrió la puerta de la recámara. Pero en lugar de dirigirse directamente a la cama, como Rosa deseaba silenciosamente, atravesó el cuarto al rincón en donde se encontraba un sillón azul, y logró tirar a Rosa entre los suaves cojines sin separar sus bocas. Se profundizó el beso, y luego Brian se apartó de ella. Sin embargo, esperó hasta que Rosa abriera los ojos para hablar.

—Rosa, quiero mirarte —dijo con un grave susurro. A ella le excitaba eso. Lo único que quería Rosa era darle placer. Brian desabrochó el broche del vestido al nivel de su cuello, y bajó el talle del vestido para liberar a sus senos que descansaban en la suave tela azul.

Brian la acarició con la mirada. Él se acomodó entre sus piernas, y entre ellos sólo estaba la tela delgada de su vestido. La cabeza de Rosa se cayó hacia atrás, y descansó en el cojín. Casi con reverencia, tomó un seno entre sus dos manos, y lo acarició al amasarlo con los dedos antes de inclinarse la cabeza para tomar en su boca el duro pezón.

Rosa por muy poco se elevó del sillón, pero el peso de él se lo impidió.

—¿Se siente rico, Rosa? Dime que te gusta sentir mi boca en tus senos —le ordenó suavemente mientras sus dedos acariciaban sus pezones y en ella surgía una descarga eléctrica por todo su cuerpo—. Dímelo —le volvió a insistir, y la respuesta de ella fue sólo otro gemido. Volvió a esperar.

—Sí —susurró ella. La única experiencia que había tenido Rosa con el sexo había sido limitada a su esposo, y jamás habían hablado durante el acto. Le parecía prohibido...y excitante al mismo tiempo, así que las propias palabras de Brian enviaron descargas eléctricas por todo su cuerpo.

—No. Yo quiero que digas que te gusta sentir mi boca en tus senos. Dilo así, Rosa.

Normalmente habría sido lo suficiente para hacerla sonrojarse, pero Rosa ya estaba demasiado excitada para semejantes vergüenzas. Mientras el hecho siguió al dicho, Brian tomó su pezón hasta la profundidad de su boca. Rosa le dijo lo que quiso. Titubeante, suavemente, le obedeció.

—Me gusta la sensación de tu boca...en mis senos —el sólo pronunciar las palabras la excitó, al igual que a él. Rosa ya estaba hundida en sensaciones que jamás había sentido antes, como si estuviera esclavizada a su toque. Habría dicho lo que le pidiera que dijera.

Lentamente, la boca de Brian la fue recorriendo hacia abajo, y acarició la parte inferior de sus senos para luego pasar a cubrir a su estómago con dulces besos. Y una vez más, se topó con una barrera de tela.

—Necesitamos deshacernos de este vestido —murmuró al ponerse en acción a cumplir con lo dicho. Levantó su peso de sobre ella para quitarle rápidamente el vestido, y suspiró al verlo caer al suelo. Rosa abrió los ojos al oír su fuerte jadeo. Fue entonces que recordó la ropa interior negra y las medias a medio muslo, y algo de su pudor natural volvió a apoderarse de ella.

—Pensé...—empezó a decir, enderezándose un poco; le hubiera gustado tener con qué taparse porque la había invadido la timidez.

—Lo que hayas pensado, me agrada mucho —le dijo Brian, y la acostó suavemente de nuevo.

Pero Rosa estaba lista para pasar a la gran cama, para tocar todo el cuerpo musculoso de Brian, a deleitarse al pasar toda la noche en disfrutarse mutuamente.

—¿No piensas desvestirte? —preguntó.

—Todavía no —respondió suavemente Brian. La devoraba con su mirada, y en cada lugar que pasaba su mirada, ella sentía quemarse—. Todavía me falta mucho por explorarte primero. Dios mío, Rosa, eres tan hermosa.

Y de repente, ella ya no se sintió avergonzada por la pantaleta negra de corazones y las medias a medio muslo. Él la hacía sentirse lujuriosa, pero al mismo tiempo muy deseada.

Siguió su mirada, y el dedo de Brian tocó al corazón rojo por el que se traslucían los rizos negros de Rosa. Ella jadeó cuando la tocó, y se separó un poco cuando éste deslizó los dedos por abajo de la tela.

Brian la miró a los ojos, y pareció comprender.

—Será maravilloso entre nosotros. Confía en mí.

Y ella confiaba en él. Pero en ese momento estaba desnuda y expuesta. Y entonces los dedos de Brian empezaron a acariciarla de nuevo, al deslizarlos por encima de los corazones, y por abajo de la orilla de raso de la tela, y todo su cuerpo se estremeció con pulsaciones de deseo. Brian se arrodilló entre sus piernas y subió su boca de nuevo a sus senos mientras sus manos la frotaban levemente.

—Brian —Rosa pronunció su nombre a gemidos—. Deberías quitarte la ropa.

La respuesta de Brian llegó en la forma de un recorrido con su lengua desde sus senos ardientes hasta su estómago y luego hasta más abajo.

—¡Brian!

Esta vez no fue un gemido, sino un grito de sorpresa cuándo su boca caliente se juntó con la pantaleta negra, y su lengua ya trazaba la forma de los corazones rojos.

Pero él no la dejaba separarse de él. Sus manos eran como hierro de terciopelo, y la sostenían para explorarla. Era algo que Rosa jamás había hecho; había oído hablar de eso, pero jamás lo había hecho. Se sentía increíble, pero al mismo tiempo le daba vergüenza. Entonces Rosa sintió un pequeño jalón, y desapareció su pantaleta, al igual como sus protestas.

Su cálida boca buscaba y tocaba y acariciaba igual como lo había hecho con sus senos, pero esta vez fue más mágica la sensación, más encantadora, y más prometedora.

Sólo cuando la había dejado gritando su nombre y con el cuerpo estremeciéndose violentamente, Brian se separó para terminar de desvestirse. Luego la llevó a su cama, y se hicieron realidad todas las promesas que Brian le había hecho con sus ojos, con sus besos, y con sus palabras hasta llegó el momento cuándo Rosa no pudo recordar siquiera por qué se había abstenido. La recompensa por su sumisión valía muchísimo más que todos sus anteriores argumentos en contra.

—¿Tienes hambre?

Ella descansaba felizmente entre sus brazos, y su cuerpo aún temblaba cada vez que él se movía o la tocaba. Estaban entrelazados como dos cucharas pegadas, y Brian recorrió todo lo largo de su columna con un dedo. Su toque fue suficiente para que Rosa se estremeciera de nuevo.

—Mmmm —respondió ella, y se le acurrucó más de cerca, y disfrutó el roce de los vellos del pecho de Brian contra su espalda. Con una mano extendida hacia atrás, acarició las nalgas de Brian, y lo atrajo contra ella.

—Olvídalo —murmuró Brian. Rosa ni trató de resistir cuando la volteó y la volvió a besar profundamente.

Fue hasta más tarde que ella recordó la pregunta. Esta vez estaba envuelta entre sus brazos, y escuchaba el latido de su corazón.

—Sí, tengo hambre —para demostrar cuánto, Rosa tomó el pezón de Brian en su boca y con la lengua trazó círculos alrededor de su aureola.

—Bueno, te daré algo a cambio de lo que me estás haciendo —le prometió con voz sedosa Brian—, pero definitivamente no lo que tengo en el horno en la planta baja.

Saciada de amor, tanto la mente como el estómago de Rosa pasaron a recordar todas las deliciosas comidas que Brian había preparado para su familia. Se sentó y se quitó el cabello de sus ojos para mirarlo seriamente.

—¿Qué hay en el horno?

La mirada de Brian recorrió todo su cuerpo desnudo, y Rosa casi tuvo que reconsiderar cuánta hambre tenía.

—Algo muy sabroso —le dijo—. Tendrás que acompañarme para verlo.

Rosa brincó de la cama.

—Me muero de ganas —buscaba por entre la ropa tirada en el suelo, y por fin localizó su vestido. Empezó a vestirse.

—No, Rosa. Si quieres probar la cena que hice, no puedes vestirte —cuando ella lo miró con asombro, él sonrió satisfecho de sí mismo—. Es otra de mis reglas de casa.

Al final, Rosa se puso una larga bata azul que encontró colgada en la puerta. Brian le echó una mirada de sufrido cuando ella le explicó que una bata realmente no era ropa. Pero tuvo que admitir que no había sido lo suficientemente explícito. La conversación recordó a Rosa la plática que habían sostenido aquel día en medio de la entrada de su casa, cuándo ella casi le había suplicado lo mismo que había sucedido hoy. Además, le habría sido imposible andar desnuda por su casa. Ella tendría que pasar años enteros al lado de un hombre para sentirse suficientemente cómoda para hacer eso. Sin embargo, no le importara que *él* anduviera desnudo, y se lo dijo. Al final, Brian sólo se puso unos calzoncillos y Rosa casi se cayó por las escaleras por estarlo mirando mientras bajaba.

Rosa estaba absolutamente segura de una cosa: ya no iba a dictar ni una regla más respecto a la relación entre ellos. Le gustaban mucho más las reglas de él.

CAPÍTULO DIEZ

La cena que los esperaba en el horno fue aun mejor que una compensación por tener que dejar la comodidad de la cama, decidió Rosa. Brian había preparado una maravillosa merienda que Rosa habría pensado que sólo se podría conseguir en un restaurante, pero ésta era aun mejor. Había champaña, caviar, luz de velas y música. Cruzaron largas miradas y caricias suaves, y la excitaba el mero aspecto del hombre frente a ella.

—Es perfecto todo esto —le dijo en voz baja mientras él le servía más vino en una copa de cristal cortado—. Y tú eres perfecto.

Brian se detuvo a medio paso y colocó la botella en el suelo para darle un beso. Cuando se separó, ella estaba dispuesta a olvidarse de la comida.

—Vamos a la planta alta —susurró mientras él se enderezaba.

—Disfruta la cena —dijo Brian, sonriéndole. No quiero verte cansada. Quiero que estés llena de energía para lo que tengo planeado.

Rosa levantó la mirada y se le secó la garganta a pesar de la copa de vino que sostenía en la mano.

—¿Qué es lo que tienes planeado? —logró preguntarle al fin.

Brian se limitó a sacudir la cabeza.

—De decírtelo, ya no sería sorpresa. No te preocupes, Rosa. Te prometo que se trata de algo que te va a gustar muchísimo.

De repente, a Rosa ya no le interesó la comida tan deliciosa. Estaba segura de que Brian notaría el vapor que despedía su cuerpo.

—En cambio, si sigues mirándome de esa manera, jamás llegaremos al postre.

Rosa se levantó y dejó que la bata se le cayera de los hombros—quizá no fuera tan difícil estar desnuda, después de todo.

—Yo ya sé lo que quiero para el postre —dijo.

Apenas tuvo tiempo para pronunciar las palabras antes de ser alzada por los brazos de Brian de nuevo. Llegaron hasta el primer escalón antes de tener que darse cuenta del preciso espesor de la alfombra blanca de Brian. Después descubrieron que el sofá también era bastante cómodo, y finalmente Rosa decidió que el piso de la cocina no era tan duro como parecía.

—¿Entonces?

Estaban al pie del camino de la entrada a la casa de Rosa cuando Brian apagó el motor del Jeep. Al este el cielo estaba apenas pintándose con tonos de rosa y gris con la primera luz del amanecer, y el frío de la madrugada cobijaba al desierto.

Acurrucada bajo el brazo de Brian, Rosa luchó por enderezarse suficientemente para encararlo. No comprendía del todo que era lo que le preguntaba él.

—¿Entonces, qué?

—¿Entonces qué tal mañana?

—Bueno, en primer lugar —Rosa lo corrigió con una dulce sonrisa—, mañana es hoy.

—De acuerdo, ¿Entonces qué tal hoy?

Hablaba perfectamente en serio. Después de una noche tan formidable, ella no comprendía qué pudo haber sucedido.

—¿Qué tal hoy qué, Brian?

—Qué tal si hoy te beso en el pasillo. ¿O vas a insistir que siga atrapándote afuera de tu puerta a la hora que sales al trabajo?

Rosa se rió. Ya estaba cansada de imponer reglas para la relación entre ellos. Definitivamente estaba enamorada; Brian la hacía muy feliz y no tenía ningún caso tratar de ocultarlo.

—Me puedes besar en el pasillo y afuera —le dijo—, y en la cocina, y en cualquier otra parte que se te ocurra.

—Me gusta cómo suena eso.

Los labios de Brian estaban cerca de los suyos, y Rosa deslizó la mano atrás de su cabeza para acercarlo más a ella.

—A mí también me gusta —murmuró contra sus labios—. Muchisisísimo.

Ya había amanecido por completo antes de que Brian por fin bajara su ventanilla para usar su llave para abrir la verja. Afortunadamente, los niños seguían profundamente dormidos cuando llegaron a la casa.

—Hola.

A pesar del bostezo de Débora, habría sido imposible no notar su gran sonrisa, pero Rosa logró no sonrojarse.

—Buenos días. Gracias por quedarte con los niños.

—No hay problema —dijo Débora con un gesto que hizo caso omiso del agradecimiento de Rosa—. ¿Me imagino que se divirtieron?

Rosa caminó a la cocina y dejó a Brian a soportar solo las burlas de Débora, aunque no pudiera más que sonreírse al escuchar el intercambio verbal en el otro cuarto. Era asombroso que alguna vez pudiera haber sentido celos de Débora. Ahora Rosa daba las gracias a Dios porque Brian y Débora fueran amigos. Débora le había regalado algo maravilloso la noche anterior, y Rosa jamás lo olvidaría. No sólo le había regalado Débora una noche libre a Rosa, sino que le había regalado a Brian.

Las próximas dos semanas fueron las mejores de la vida de Rosa. Regresaba todas las tardes del trabajo no sólo a disfrutar de los manjares culinarios de Brian, sino de sus besos, y se encontraba mirando al reloj, ansiosa de que llegara la hora cuando finalmente podrían acostar a los niños. Brian todavía se iba a su casa todas las noches, pero mucho más tarde que antes, dejándoles suficiente tiempo para platicar, para reírse y para explorar su relación.

Los niños se habían adaptado muy bien al cambio, y Roberto sólo se había sonreído al encontrarlos besándose al entrar a la cocina. Al principio, Graciela se sintió un poco celosa por dejar de ser la única novia de Brian, pero se adaptó rápidamente al descubrir que ahora tenía a *dos* adultos con quienes podía jugar.

La única nube oscura que amenazaba con destruir la felicidad de Rosa era el fin del verano que se avecinaba. Su relación actual con Brian era como si vivieran juntos, y a Rosa le inquietaba pensar en aquel día cuando Roberto y Alex regresarían a la escuela y todo volvería a la normalidad en su casa. Rosa reconocía que ya no quería volver a esa normalidad—ella quería a Brian.

Cuando llamó Débora esa tarde, su voz casi rechinaba de la emoción. Rosa se dio cuenta de que algo había sucedido y que se trataba de algo bueno.

—Hola, Rosa. Espero que no estés ocupada ni nada, pero llegó una carta al buzón de Brian que me imagino que esperaba.

—Claro, Débora. Lo llamaré.

A Rosa no le importaba que Brian se diera cuenta de su gran interés al sentarse directamente a su lado cuando éste contestó el teléfono. Graciela estaba en el jardín, jugando con los niños. ¿Qué podría tener tanta importancia?

El feliz grito de Brian casi tumbó a Rosa, y los tres niños corrieron a la cocina para ver qué había sucedido. Con los niños moliendo la paciencia a los adultos y subiéndose a sus piernas, a Rosa le fue imposible oír lo que decía Brian. Al fin logró acallarlos justo a tiempo para escuchar el final de la conversación.

—Debi, no hay palabras para agradecerte lo que hayas hecho por mí. Te debo mucho. Tendré que pagarte regalías, si es que logro cobrar alguna — Brian colgó el teléfono y volteó a su atento público.

—Una casa editorial compró mi libro.

—¿Tu libro? —Rosa estaba confundida—. Pensé que escribías para una revista.

—Los artículos para la revista pagan las cuentas y

compran la comida —contestó, encogiéndose de hombros—, pero siempre tengo dos o tres libros circulando por las editoriales. Siempre me los han rechazado. Hasta ahora.

—¡Qué suave! —Roberto salió corriendo, al parecer emocionado, pero no lo suficiente como para permanecer con los adultos. Como sombras, Alex y Graciela siguieron su ejemplo en palabra y acción y los tres desaparecieron hacia el interior de la habitación de Alex, y cerraron la puerta tras ellos.

—Eso es fabuloso, Brian —Rosa estaba asombrada. Le parecía que no había nada que este hombre no supiera hacer. Ni siquiera se había enterado ella de que estuviera escribiendo un libro. De hecho, ya se daba cuenta de que había muchísimo que no sabía de Brian, y muchísimo que quería aprender.

—Sabes lo que significa esto, ¿verdad? —la cara de Brian se iluminaba de felicidad. Rosa también sonreía, realmente feliz por las buenas noticias.

—¿Que ahora que eres famoso, tendré que pagarte mucho más?

—No —dijo Brian—. Significa que agosto será mi mes de la buena suerte. Y significa que tendremos que hacer algo muy especial para festejarlo.

Rosa ya había aprendido que siempre le gustaban las ocurrencias de Brian para festejar las cosas.

—¿Qué tenías en mente? —le preguntó de la manera más provocativa que pudo.

—Bueno, para empezar —le dijo Brian, ahora con una mirada seria—, creo que debemos casarnos.

—No bromees —se rió Rosa, pero verdaderamente le pareció todo menos broma. Le pareció tangible y correcto.

—Hablo en serio, Rosa. Piensa en todas las ventajas.

—Yo sé —dijo Rosa. Se apoyó en él cuando Brian se sentó en un banco, y la abrazó de manera natural—. Tú sabes cocinar y reparar el refrigerador al mismo tiempo.

Brian no dijo nada, pero la volteó para mordisquearle el cuello.

—Aún no podemos discutir algo tan serio como el matrimonio.

—Pues está bien —accedió Brian, al calentar un punto justo abajo del oído de Rosa con su cálido aliento—. Pero en cuanto Roberto y Alex me empiecen a decir Papi, la gente nos tirará de locos si no estamos casados.

Era difícil enfocarse en lo que decía, pero Rosa logró organizar sus pensamientos suficientemente para responder.

—Entonces no les diremos que te llamen Papi.

—Ya me preguntaron si no me importa si me dicen así, y yo les di permiso.

Entonces Brian cesó la conversación, al acallar la respuesta de ella al simplemente abrazarla y besarla hasta que ella se olvidó de su propio nombre.

—Además —continuó cuando Rosa se había quedado sofocada y mucho más allá de poder recordar el tema de la conversación original—, cuando empieces a traer al mundo a mis bebés, ¿cuál apellido les vamos a dar? Espero que no pienses ponerles el apellido de tu ex marido.

Rosa tardó un momento en reaccionar.

—¿Tener hijos? ¿Estás completamente loco, Brian? Voy a cumplir treinta y cuatro años dentro de un mes. Ya estoy demasiado grande para pensar en tener más hijos. Ahora sí que te pasaste.

Rosa se rió al decir las palabras, pero de verdad, había algo en lo que decía él; algo suave y cálido y prometedor; algo que había pensado que había pasado a su olvido mucho antes.

Al parecer, Brian se dio cuenta de que Rosa titubeaba, porque sonrió, sintiéndose confiado en sí mismo.

—Cásate conmigo, Rosa, y lo discutiremos.

Rosa meneó la cabeza de manera enfática. Ella apenas estaba adaptándose a la novedad de besarlo en la casa.

—Es demasiado precipitado. Apenas nos conocemos.

—Yo he estado solo por casi dos años, Rosa, y para mí ha sido más que suficiente. He experimentado mucho. Conozco el tipo de mujeres que hay por allí, y sé exactamente el tipo de mujer que quiero. Y la mujer a quien quiero es a ti. Te quiero a ti, quiero a tus hijos y quiero tu amor; con todo y tu afán de ser mandona.

Brian la apretujó contra su pecho para no darle ninguna oportunidad de refutar por la última palabra. Esperó hasta sentirla quieta antes de seguir.

—¿Cuántos años llevas sola, Rosa? ¿A cuántos hombres has conocido durante todos esos años, y cuántas veces te has sentido así?

Siempre había estado sola, admitió Rosa. Por lo menos así parecía. Había conocido literalmente a cientos de hombres, y jamás había funcionado con ninguno.

—Siempre, cientos, nunca.

Sus palabras sonaron amortiguadas por la camisa

de Brian contra la cual Rosa tenía la cara acurrucada, pero parecía comprender.

—Yo también. Acéptalo, Rosa Osario. Es nuestro destino. Ahora estás conmigo, y jamás te voy a soltar.

CAPÍTULO ONCE

El 31 de agosto amaneció caluroso y despejado. Rosa ya estaba levantada para ver el primer rayo del sol sobre el horizonte. Había dormido con rizadores en el cabello por lo que juraba ser la última vez en su vida.

Abrió de un empujón a la puerta de su hijo mayor y Rosa sonrió. Extendido de esa manera, Roberto casi alcanzaba a tocar los dos extremos de la cama. Había crecido y había madurado tanto a últimas fechas que Rosa tuvo que suspirar al verlo. Ya parecía más un adolescente que el niño que había sido hasta hace muy poco. Dentro de unos cuantos años sería todo un adulto.

—Roberto, ya es hora de levantarte —dijo, sacudiéndolo ligeramente a través de las cobijas.

—¿Mande? —dijo al sacar la cabeza de abajo de la almohada—. Sí, mamá, ahora voy.

Gruñó al sentarse, y Rosa se sonrió para ir a la habitación de Alex. Los niños habían esperado durante semanas este día con tanto gusto que Rosa no pensaba encontrarse con ninguna oposición de sus partes.

Al abrir la puerta de Alex, Rosa encontró a su niño de seis años ya levantado, y trataba de abrochar los botones en los puños de su camisa blanca de vestir.

—Te levantaste bien temprano, mi vida —dijo Rosa al apartar un fleco de cabello de su frente, y lo ayudó a meter la mano por la otra manga larga de su camisa—. ¿Por qué no te esperas hasta después del desayuno para terminar de vestirte?

—Está bien —dijo Alex poniéndose de pie—. ¿Viene Brian a preparar el desayuno?

—Hoy no, mi rey —le contestó. Rosa le sonrió, sintiéndose feliz—. Mañana sí, y pasado mañana, y de ahí en adelante también —agregó.

—¡Qué padre!

Alex corrió por el pasillo frente a ella, y la cola de su camisa blanca apenas tapaba la ropa interior de Hombre Murciélago que llevaba. Rosa lo siguió sin prisa.

—¡Qué padre! —murmuró para sí misma—. Muy, pero muy padre.

En la cocina, Rosa preparó el café y luego preparó unos gofres congelados para el desayuno. Ambos muchachos los disfrutaron. Después de todo, tenían casi tres meses sin probar nada instantáneo.

Antes de las diez de la mañana, los dos niños estaban vestidos y ya se quejaban de las corbatas. Rosa tenía los nervios de punta, pero logró una sonrisa al recordarle a Alex que no saliera de la casa y que no se metiera en la tierra. Ya tocaba la hora en que tendría que cambiarse de su bata de baño.

Ya en su habitación, Rosa echó una mirada a las pertenencias a su derredor que habían sido suyas solamente durante tanto tiempo. Después de hoy, al lado de sus zapatos descansaría un par de zapatos de hombre en el suelo, y tendría que hacer espacio en el armario para la ropa de él. Habría otra persona a quien atender, y por quien preocuparse, y a quien cuidar. Dos personas más, de hecho.

Y habría alguien a quien peinar de trenzas, y alguien que lloriquearía a la hora de acostarse, y quien la llamaría a medianoche. Pero sobre todo, habría un alguien que a Rosa la abrazaría y ahora la casa iba a estar llena de amor; más allá de todo lo que Rosa había soñado en su vida entera.

Ella estaba aterrada, y al mismo tiempo estaba delirante de felicidad. Había experimentado momentos de cada emoción todos los días durante las últimas semanas, hasta que las dos emociones se habían mezclado en una constante emoción de... la realización de la felicidad. No cabía la menor duda de que el mes de agosto era un mes de muy buena suerte.

Doreen sería su madrina, y Débora estaría allí con Jake. Brian había pedido a Roberto que fuera su padrino, y Roberto se sentía tan importante que casi se reventaba de la felicidad. Alex sería el paje de los anillos, y Graciela sería la paje de flores. Y, aparte del juez del registro civil, eran los únicos invitados; se trataba de invitar sólo a un reducido grupo de buenos amigos para festejar el día más maravilloso de su vida.

Débora se había ofrecido a llevarse a los tres niños durante unos cuantos días para que Brian y Rosa pudieran pasar a solas su luna de miel, pero ambos habían rechazado la idea; los dos estaban ansiosos de empezar a integrar a su nueva familia. Después de que los niños se acostaran en las noches festejarían a su manera, y quizá pudieran empezar a engendrar a alguno de los *nuevos* elementos de la familia; pues Brian casi había logrado convencerla de tener más hijos.

Ocho cortas semanas. Qué cambios habían traído a su vida esas cuantas semanas veraniegas, pensó Rosa con una sonrisa. Cuando había puesto el anuncio para buscar a una ama de llaves, Rosa jamás había soñado con que ese empleo se convirtiera en trabajo de planta, y mucho menos en un empleo permanente. Pero en aquel entonces, ella jamás se había permitido el lujo de soñar. Brian le había enseñado el arte de soñar, junto con tantas otras cosas. Y anoche, al acurrucarse entre sus brazos, Brian había prometido enseñarle otra cosa, aunque dijo que probablemente tardaría muchos años en enseñárselo. Le dijo con un tono solemne, que si sueñas fuertemente con algo, al fin y al cabo, tus sueños se convertirán en realidades.

Y Rosa ya le creyó. Sus dos sueños, ambos con rizos negros y ojos oscuros, llegarían en cualquier momento. Rosa sonrió con gran emoción al esperarlos, y sacó su nuevo vestido blanco de su ropero.

¡BUSQUE ESTAS NOVELAS DE ENCANTO EN ESPAÑOL!

__**Sueños de Isabela**

por Tracy Montoya **0-7860-1158-0** **$3.99**US/**4.99**CAN

Por amor de la arqueología Isabela Santana perdió el amor de Mateo Esquivel. Ahora, en plena selva de Honduras, están pasando largos días y noches en la calurosa tierra tropical. Pronto unas preciosas reliquias mayas son descenterrades—como así también la salvaje passión enterrada que ninguno de los dos puede negar . . .

__**Destino: Amor**

por Reyna Ríos **0-7860-1159-9** **$3.99**US/**$4.99**CAN

Aislada en una ciudad remota de Texas, la madre soltera Josie Hernández quiere mostrarles a todos que puede cuidar a sí misma y a su hijo sin la ayuda de nadie—¡especialmente de Rafael Santos! Pero Josie no tiene la menor idea que el sheriff oscila entre querer que ella desaparezca . . . y desearla en su cama.

__**Primer Amor**

por Erica Fuentes **0-7860-1160-2** **$3.99**US/**$4.99**CAN

Veinte años de que Gina Ramón amó—y perdió—a Miguel López Garza, ella se reúne con quién nunca más pensaba volver a ver. Aunque el guapo y exitoso Miguel podría tener cualquier mujer que él quisiera, anhela casarse con Gina. Pero todo hace pensar que se le escapará una vez más . . .

__**La Conquista**

por Lara Ríos **0-7860-1161-0** **$3.99**US/**$4.99**CAN

Cuando Tess Romero y su compañero de trabajo Logan Wilde se van a la lejana Patagonia para finalizar un acuerdo de negocios, ellos pronto son arrebatados por un romance a bordo del buque. La pasíon ardiente lo hace demasiado fácil a tess y Logan olvidar la dura realidad del mundo de negocios que los espera—un mundo en el cual solamente uno de los dos puede sobrevivir . . .

Llame sin cargo al **1-888-345-BOOK** para hacer pedidos por teléfono o utilice este cupón para comprar libros por correo. Estos libros estarán disponibles desde 1 octubre de 2000.

Nombre ____

Dirección____

Ciudad_________________ Estado______ Código postal _______

Por favor, envíenme los libros que he indicado arriba.

Precio del/de los libro(s) $______________

Más manejo y envio* $______________

Impuestos sobre la venta (en NY y TN) $______________

Cantidad total adjunta $______________

*Agregue $2.50 por el primer libro y $.50 por cada libro adicional.

Envie un cheque o *money order* (no aceptamos efectivo ni *CODs*) a:

Encanto, Dept C.O., 850 Third Avenue,

16th Floor, New York, NY 10022

Los precios y los números pueden cambiar sin previo aviso.

El envio de los pedidos está sujeto a la disponibilidad de los libros.

Por favor visítenos en el Internet en **www.encantoromance.com**